節度使明星

晴空小侍郎2

文 哲也
圖 唐唐

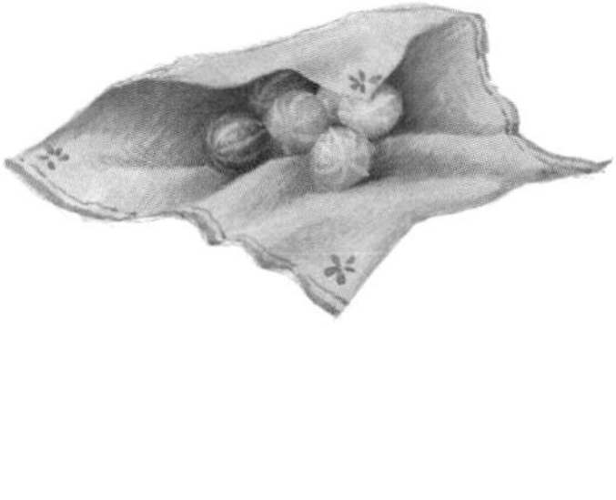

目錄

序章

千年前的一個清晨。
天才剛濛濛亮，霧氣還籠罩在水上。
尖尖的船頭從霧氣中鑽出來，停在船頭打盹兒的水鳥
還來不及尖叫，就看到金黃色的陽光，從山邊閃射出來，
照得牠張不開眼睛。
「天亮啦！」
啪啪啪……水鳥張開大翅膀飛走了。
細得像一片尖葉子的小船從霧裡滑出來，
船上的女孩坐起來伸懶腰。
「好美呀！」
她瞇起眼睛，看著整條大河在朝陽下閃閃發光。
晶晶亮亮、晶晶亮亮……
河面上的水波，閃爍著柔和的光芒，女孩彎下腰，
捧起水來。
「看來是個好天氣喔！」
女孩一邊洗臉一邊說。
「那可不。咚咚咚。」
斜插在女孩背包裡的一個波浪鼓，
搖頭晃腦的說。

1 歡迎光臨大晴國

這是一個從前的故事。

從前從前，有一個朝代，叫做……叫做……

叫做什麼呢？

如果，歷史上還曾經有人記得這個朝代的話，他們會記得，在深山角落裡的小妖，在樹林間躲避陽光的幽魂，他們會想起，美好的河川和大地，翠綠的草葉，隨風飛舞的粉紅花瓣，他們隱隱約約記得，這個朝代的歌舞有多迷人，衣服上有多麼奇妙的花紋，人們笑起來的樣子有多天眞……

他們隱約記得，曾經有一個男孩，來到這個鬼特別多的國度，留下令人難忘的傳奇故事……

至於，這個朝代到底叫什麼名字？

如果茶好喝，卻品嚐不出茶葉的名稱……

如果花好香，卻認不出花的品種……

如果故事難忘，卻想不起到底是什麼時候發生，甚至是不是眞的發生過……

那也不錯。

「歡迎光臨大晴國！」

女孩站在船頭，向著兩岸的大山展開雙手大喊，然後笑倒在小船上。

河流載著小舟，流進了大晴國。

「你瞧，人家大國的山川就是壯麗非凡。」女孩回頭對背包裡的波浪鼓說。「比起來，咱們家鄉的山像是饅頭似的。」

「怎能比，咚咚咚。」

「你瞧瞧人家的河，多麼寬廣。」女孩手一揮。「比起來，咱們家鄉的河就像是水溝似的。」

「沒看頭，咚咚咚。」波浪鼓搖著頭。

背後傳來一陣吶喊聲，女孩回頭一看，只見一艘大船從霧中出現，揚起大帆，追上前來，帆布上還畫著一個恐怖的骷髏頭。

「你瞧瞧人家的大船，多氣派……」

話還沒說完，大船就靠了過來，船上一排弓箭手瞄準著她。

「識相的，就把值錢的東西全丟上來。」強盜頭兒凶巴巴喊。

女孩把錢包丟上大船去，卻緊緊抱著一個木盒子。

「那盒子裡裝什麼？」強盜說。

「這是我的算命盒。」女孩可憐兮兮的求道：「小女子是個算命的。」

船上的強盜們都笑彎了腰。

「那你幫我們卜個卦吧。」強盜頭兒大笑說。

女孩聳聳肩，把木盒子立起來，掀開木盒的兩扇小門，盒裡有好多小抽屜。她拉開其中一個小抽屜，往裡瞧。

抽屜裡頭站著一個小人兒，背對著她，然後慢慢回頭，愁眉苦臉，看著她。

「我看你們還是回頭吧，」女孩抬起頭，很誠懇的說：「把錢包還給我，然後趕快掉頭往回走，不然恐怕會有大禍。」

海盜們又是一陣哄堂大笑。

「我看你這算命仙不靈光。」海盜頭兒向女孩揮手告別。「小姑娘，你才該回頭呢，一個人隻身前來大晴國，不知道這這兒鬼比人還多嗎？」

女孩呆呆看著海盜船飛快往前乘風而去。

「你看，人家大晴國的強盜多可怕。」她驚嘆著對波浪鼓說：「比起來，咱們家鄉的小混混就太孩子氣了。」

話還沒完，眼前的大船忽然緊急轉舵，橫了過來，強盜們指著前方河面上咕嚕咕嚕直冒的巨大泡泡，尖聲怪叫。

不一會兒，泡沫裡浮現一個大蚌殼。

好大的蚌殼。

蚌殼裡住著一個大姑娘，她探出頭來，伸出手，把大船拖進蚌殼中。

咕嚕……咕嚕……

蚌殼下沉，消失無蹤。

河面上，美麗的陽光明亮的閃耀著，沒事似的。

「嘩！」女孩目瞪口呆。「你看人家大晴國的妖怪……。」

她腳一軟，坐了下來。

小船繞過河灣，層層山巒的後方冒出一座高塔，吸引了女孩的目光。

「咦，到了嗎？」

女孩打開牛皮紙地圖，左看右看，拿不定主意。
「爸說過，莫怪樓是深山之中一座高不可測的塔樓……」她抬頭，看著高塔的頂端籠罩在雲霧中，高不可測。「這就對了！」
「不過，爲了預防萬一……還是卜個卦好了。」女孩掀開算命盒，拉開一個小抽屜。
抽屜裡，走出一個小人兒，是個拄著枴杖的白鬍子老爺爺。
「沒錯！」女孩喜出望外。「爸說過，莫怪樓裡有個晴爺爺！」
她跳起身來。
「莫怪樓到了！」淚水盈滿了她的眼眶。「千辛萬苦來到大晴國，終於讓我找到了莫怪樓！」
「確定嗎？」小鼓小聲問：「咚咚咚？」
「喂！你不相信我卜的卦嗎？」女孩扠起腰說：「我可是神算師的女兒耶！」
女孩背後的貓尾巴，剛剛一直藏得很好，現在忍不住得意的搖了起來。
小船靠岸以後，沿著岸邊的小石子路走半個時程，再踏上白色石階，往山上走半個時程，彎彎曲曲，陡陡峭峭，走過涼亭和小橋，長著貓尾巴的女孩終於來到了高塔下方，往上瞧。

「眞不愧是大晴國鬼部，」她站在圍牆外，看著雪白的高塔讚歎：「好高的莫怪樓。」

她小心的把尾巴藏好，拉拉門口的鈴鐺。

一位拄著楞杖的白鬍子老人推開大門。

「這位想必是莫怪樓的晴尙書。」女孩抱拳作揖。「在下烏梅，叩見晴大人。」

老人趕緊還禮。

「歡迎光臨千鶴寺，」白鬍子老人說：「不知這位施主有何貴幹？」

2 怎麼會是千鶴寺

女孩歪著頭，看著白鬍子老人。

「千鶴寺？什麼時候改名叫千鶴寺了？」

「從來沒改過。」白鬍子老翁皺起眉頭。「這兒本來就是千鶴寺。」

「那，鶴在哪裡？」女孩還是不相信自己卜的卦會不準。

「嘖。青龍殿難道就眞的有龍嗎？小孩子別來胡鬧。快走快走。」

空隆一聲，古老的木門闔上了。

老翁在門後輕輕嘆了一口氣。

「主公。」老翁說：「只是個找錯地方的小女娃兒。」

「只是個孩子嗎？奇怪，難道是算錯了？」一個威嚴十足的聲音說。

「不會錯。就是今天早上。」另外一個低沉的聲音說。

「世事難料，小娃兒也可能吉星高照。」另外一個尖尖的聲音說。

「不錯，請她進來吧。」一個沙啞的聲音說。「她是不是我們等待的那個人，看她能不能通過我們的測驗就知道了。」

滴答。

一滴雨水落下，由蓮葉上滑進水池裡。

滴答。滴答答。滴答答答。

嘩……很快的，下成了一場大雨。

「唉。」圍牆外，小女孩抱著胳臂，一邊往山下走，一邊嘆氣：「卜錯了卦，找錯了地方，那也就算了，還忘了帶傘。」

空隆一聲，大門又開了。

白鬍子老翁笑咪咪的探出頭來。

「姑娘請留步，」老翁對女孩喊：「哈哈，世事難料，大晴天的竟然下起雨來，姑娘何不先進來避一避雨？」

是啊，世事眞是難料。

比方說，本來過著平凡的幸福生活，妹妹卻突然被鬼魂帶走。已經失去記憶不知所措，竟又碰上瘋瘋癲癲的怪老頭。完成了難上加難的任務，沒想到挑戰還沒結束。得到一把有魔法的寶劍，眞是幸運，卻想不起咒語該怎麼押韻。好不容易讓妹妹回家團圓，自己卻再也回不了甜蜜的家園……

這些都是好例子。

此外，還有，平常料事如神的算命師，重要時刻卻失去準頭。明明已經開始的故事，卻又要從頭再講一次……

是的，讓我們把故事再倒回三天。

回到這位名叫烏梅的姑娘還沒到達以前……

三天前的夜裡，那是烏梅在家鄉的最後一個夜晚。

在大晴國東方海面上，越過無數道閃爍銀光的波浪以外，在超出地圖描繪的範圍以外的地方，一座名叫「懶洋洋的貓島」的島嶼上，貓尾巴女孩烏梅躺在雪白的沙灘上，看著滿天星辰。

明天就要出發了。

可是，我完全不知道未來會怎麼樣。

爸，身爲神算師的女兒，這樣的感覺正常嗎？

天上的黑幕，安靜的閃爍著。

沒有人回答她。

爸爸在遙遠的大晴國。

而同樣是三天前的夜裡，在大晴國的東邊，在一座名叫「千鶴寺」的神祕古寺裡，一切都靜靜的。

又安靜，又美麗。

屋簷上的水珠、池塘裡的蓮葉、紙窗上的皺紋……

一切都靜靜的。

竹簾、石階、木門、花瓶、微光閃爍的宮燈……

一切都靜靜的。

美麗的壁畫、厚重的書櫥、彩繪的杯盞、閃亮的燭臺……

一切都……

「哇哈哈！你這麼晚還不睡在幹什麼！」

一切都有例外。

一聲豪爽的笑聲打破了寂靜，一位高大的紫衣人，大笑著掀開竹簾，踏進千鶴寺中一個燈火通明的房間裡，來到窗臺前。

「主公，您還醒著？」窗臺前，一位身穿黃袍的老先生回頭說。他原本手扶著一臺金光閃閃的小機器，對著窗外滿天的星星發呆，看到那位高大的紫衣人走進來，微微一躬身。

「我這幾天從樓上往下瞧，每天夜裡都看到你這房間燈火通明，」紫衣人笑著說：「害我連打坐的時候都在納悶，這位黃先生到底在忙些什麼呢？哈哈。」

紫衣人笑著拍拍黃袍老人的肩膀。

「今晚我實在忍不住了，跑下來瞧瞧，果然被我發現了好玩的新玩意兒。」紫衣人興奮的蹲下來，摸摸那臺金光閃閃、有點像是望遠鏡的機器。

「主公真是童心未泯。」黃袍老人微笑了一下。

「黃先生，這是什麼玩意兒？」

「這叫觀星鏡。」黃袍老人一邊用衣角擦著紫衣人摸過的地方，一邊說：「前一陣子京城裡的朋友託人送給我的，說是從西域挖掘出來的上古神器。」

「這要怎麼玩？」

「這不是玩具。」黃袍老人閉著眼睛，手背在背後沉思著。「我一生鑽研星象，從沒看過這麼神奇的東西。」

「哦？這有什麼稀奇的？」

「主公，請別亂動。」

「你閉著眼睛怎麼知道我有沒有亂動？」紫衣人把眼睛貼在觀星鏡的鏡片上，把鏡頭轉來轉去。

「我追隨你這麼多年了，還不知道你的個性嗎？」黃袍老人說，把觀星鏡上的一片小蓋子掀開。

「原來蓋子沒打開，難怪一片黑。」紫衣人說：「啊，看到星星了！」

紫衣人透過鏡片，看著滿天燦爛的星斗。

「如果只是能把星星看得清楚一點的話，那也沒什麼稀奇的嘛。」紫衣人盯著鏡片說。

黃袍老人拎著一顆晶瑩剔透的小彈珠，把它鑲在機器的正中央。

只聽見一陣奇妙的聲響，好像風吹過一千個風鈴……

接著，彈珠球迸出光芒，剎那間，整個宇宙星河充滿了千鶴寺這間徹夜不眠的樓房。

3 星空地圖

千鶴寺的樓房內，飄浮著片片星雲和點點星光。

「嘩！真是好玩。」紫衣人對著那臺投射出星光的機器讚歎著。

「這不是玩具。主公。」黃袍老人搖頭說。「我一生鑽研星象，從來沒看過這麼神奇的東西。」

「我知道我知道，這你剛剛說過啦。」紫衣人笑著說：「我一生鑽研玩具，也沒看過這麼好玩的東西。」

「這不是玩具……」

「那這是做什麼的？」

黃袍老人指著漂浮在房裡的點點星光說：「我用了一輩子的努力，想要解開星星和命運之間的祕密。沒想到，現在這祕密就攤開在眼前……你看，這星圖簡直就是人間的地圖！」

「地圖？」紫衣人歪著頭。

「沒錯。」黃袍老人指著浮在半空中的星雲說：「大晴國的地圖。」

紫衣人張大了眼。

「瞧，大晴國重要的人物和地點，都可以在上面找到。中間密密麻麻這一大片星星，就是京城，當今朝廷所在地。」黃袍老人朝著星雲中一顆顆光點指去。「西邊人煙稀少，所以星星也比較稀疏，北方星光黯淡，色彩看起來陰森森的，表示這裡是妖魔鬼怪的大本營。」

「哦？眞有趣！」紫衣人的眼睛也像星星一樣閃亮著。「那我們呢？我們算是重要人物吧？我們在哪裡？」

「東方最亮的星群，就在這裡，千鶴寺。」黃袍老人說：「讓我們再靠近一點看。瞧，被四顆小星星所圍繞的這顆閃亮的大星星，代表的就是主公您。」

「我？我的星星怎麼看起來有點昏昏黃黃的？」

「您今晚是否小酌了幾杯？」

「沒錯。」紫衣人仰頭大笑說：「哇哈哈！果眞是個好玩具，連我偷喝酒都知道。」

「這不是玩具……」

「那它還能做什麼？」

「主公還不懂嗎？天下大事，都反應在這星圖中。」黃袍老人說。

「現在天下太平，還會有什麼大事？」紫衣人揮揮衣袖說。「我們要搬來千鶴寺以前，你們醫卜星相四位不是都跟我拍胸脯，說大晴國除了鬼多了一點以外，前途一片光明嗎？」

黃袍老人低下頭去。

「世事難料。命運之神總是喜歡開玩笑。」黃袍老人說：「我這幾夜仔細觀察星圖，發現了一件出乎意料的糟糕事。本來想確定之後再向您稟報的。」

「什麼事？有多糟糕？」

「那是糟之又糟，糕之又糕。」

「別賣關子。」紫衣人拎起扇子拍拍黃袍老人的額頭。

「是。」

黃袍老人伸出瘦骨嶙峋的手指，指著星圖中京城的位置。

「瞧，這顆紅色星星。」

京城密密麻麻的星群中，有一顆發紅光的巨星。

「此星光芒刺眼，閃爍不定，仔細瞧，還微微冒黑煙，」黃袍老人瞇著眼說：「主公請靠近一點，聽聽看。」

紫衣人走進星圖中，讓星星漂浮在他身邊，這才發現，每顆星星都有不同的聲響，有的叮叮叮，有些咚咚咚，有些沙沙如海浪，有些嗡嗡像蜜蜂。

而那顆紅星發出陰森森的低吼聲。

紫衣人嚇了一跳，後退一步。

「這是？」

黃袍老人從懷裡掏出一本小冊子，遞給紫衣人。「請翻到第二十七頁。」

「《觀星鏡入門》？」紫衣人看看封面，然後翻開唸道：

暗紅煞星，泛黑光，主有黑暗大力，若光芒刺眼、閃爍不定者，更為不祥。此星若在鄉野，為江洋大盜；若在軍營，為鬼魔統領；若在朝廷，天子岌岌可危矣。再細辨音聲，若為尖叫聲，尚能平定，若如鬼吼……那就糟了。

紫衣人合起手冊，踩起步來。

「天子岌岌可危？」

「此星逼迫著天子之星。數日之內，聖上恐怕有大難。」黃袍老人說。

「有大難？」紫衣人笑咪咪的表情不見了。

火紅的煞星冒著黑煙，旋轉著，好像在燃燒一般。而旁邊的天子之星顯得好蒼白，好像在顫抖著。

「天子有難，大晴國就要動盪不安，國家不安，百姓也就要遭殃。好不容易才過了幾年太平日子的大晴國，又要天翻地覆了。」

紫衣人抬起頭，兩眼炯炯有神，原本孩子氣的眼神和笑容，頃刻之間，轉換成如天神一般英勇神武。

「是醫卜星相集合的時候了，」紫衣人皺起濃眉：「煩請其他三位先生到此共商大事。」

4 醫卜星相

不多久，四位老先生從千鶴寺各層樓走來，齊聚一堂。

「白頭翁叩見主公。」江湖上人稱神醫的白鬍子老翁說。

「綠袖掩也到了。」人稱神卜的綠衣老人說。

「黑畫眉在此。」人稱神相的黑衣老人也抱拳說道。

「今晚打擾三位先生清修，實在是因爲有一件棘手的大事。」憂心忡忡的紫衣人說：「還是請黃曆鳥先生，仔細把這件事從頭說明白吧。」

「是。」人稱「觀星老人」的黃袍老先生，把彈珠放進觀星鏡裡。「事情都要由這部金光閃閃的神奇機器說起……」

觀星鏡將窗外的星空轉換成壯觀的大晴國星圖，在屋內投射出來。

「嘩，眞有趣！」其他三位老人不約而同張大眼睛。

「這不是玩具。」紫衣人搖搖頭說。

如此這般，紫衣人和黃曆鳥把暗紅煞星有多可怕的事一一說了。
「天子有難？大晴國岌岌可危？」
三位老人聽完，都歪著頭。
「我留在宮中的靈丹妙藥，應該可以確保皇上健康無虞。」神醫白頭翁說。
「依本朝流年運勢算來，也沒什麼好擔心的。」神卜綠袖掩屈指算道。
「皇宮的風水，皇上的面相，也毫無破綻。」神相黑畫眉托著下巴。
紫衣人炯炯有神的掃視著大家。
「你們的意思是說，這臺奇怪的機器不足採信嘍？」
「天下大事，不可兒戲。爲了愼重起見，請主公爲天下蒼生卜上一卦。」鼻子尖尖的綠袖掩從袖子裡拿出一副紙牌來。「主公，請抽四張牌。」
「這又是什麼？」
「是屬下新發明的占卜術，取名塔樓牌。」
「塔樓牌……」
綠袖掩點點頭。
「好吧，我們綠先生的算命方法一向是千奇百怪……」
紫衣人焚香默禱了一番，然後抽出四張牌。
「那麼，請問大晴國未來的命運到底如何呢？」

翻開第一張，紙牌上畫著一顆大橘子。

「橘乃吉也，眞是大吉！」綠袖掩說。

紫衣人鬆了一口氣，孩子氣的笑了。「那我們可以放心了。」

翻開第二張，又是一顆大橘子。

「又是大吉！」紫衣人回頭笑著對黃曆鳥說：「明天把觀星鏡退回去吧。」

綠先生卻將一邊眉毛皺了起來。

兩個吉，讓他想起一句成語。

接著，第三張紙牌上畫著一個口渴的人。

「這是什麼？」紫衣人歪著頭。

第四張牌上畫著一幅大軍圍城的景象。

「吉、吉、渴、圍……」

綠袖掩嘆了口氣，把紙牌收進袖子裡。「果然是岌岌可危。」

紫衣人大袖一揮，原本孩子氣的表情，又變得像天神般威嚴。

「不！我還是不相信！一架番邦來的怪機器，一個新發明的怪把戲，就能斷定大晴國的命運嗎？」

啪、啪、啪……一隻白鴿飛到窗臺上。

「這麼晚怎麼還會有鴿子？」

大家正奇怪的時候，鴿子唱起歌來了：

「啊啊！人生多美好！
哈哈！好心有好報！
嘿嘿！有緣來相逢！
呵呵！沒緣來抱抱！」

五個人面面相覷。

鴿子發出一陣雜音，接著說：

「現在爲您插播一則緊急消息……」

5 東邊晴來西邊雨

千鶴寺一塵不染的美麗窗臺上，被小鴿子踩出烏漆抹黑的髒腳印，小白鴿一邊轉圈圈跳舞，一邊唱：

「嘿！嘿！嘿！
東邊晴來西邊雨，
一波未平一波起，
莫怪風雲天難測，
霹靂危機降大晴。
丞相府，有詭計，
準備發動總攻擊。

大晴國，小皇帝，
整天沉迷遊戲裡，
不知局勢岌岌可危矣。

大臣元老，天下英雄，
江湖奇俠，各路好漢，
想想辦法，打聽看看，
進京救駕，阻止丞相！

莫蹉跎，莫遲疑，
大晴國，就靠你！
以上節目由……啊有人來了，謝謝收聽。」

黃曆鳥彎下身去，瞧著鴿子腳踝拴著的小符咒。
「傳聲符。」他說。
「是晴時雨那老頭。」白頭翁說。
「他不是在莫怪樓嗎？怎麼會知道宮裡的消息？」綠袖掩說。

「那怪老頭說的話誰能相信？」黑畫眉說。

「我信。」紫衣人說，把鴿子捧在懷裡。「不過，這傢伙也真是的，幹麼不直接把話說清楚，唱什麼打油詩。」

紫衣人走進星圖中，盯著那顆火紅的煞星。

丞相？

「看來，我們只好違背誓言了。明天就離開千鶴寺，進京救駕。」紫衣人回頭對大家說。

「且慢，主公！」

黃曆鳥指著星圖東方。

「你看。」

星圖中，出現一顆超級新星，發出清脆好聽的聲音，朝著千鶴寺的方向緩緩移動著。

大家都圍繞過來看。

「好亮！」大家瞇起眼睛。

「此星是善是惡？」紫衣人問。

「此星光芒明亮，色澤卻柔和溫暖，光暈溫潤自然，當屬上善。」黃先生啪啦啪啦翻著說明書說：「當今星空之中，只有此星的亮度，可以與那煞星匹敵。」

「哦？」

「甚至我們幾位加起來，都沒有它明亮。」

「哦？」

紫衣人搖著扇子看著窗外，微風輕拂，好舒爽。

「救星來了？」

黃曆鳥一會兒翻翻說明書，一會兒看看星星，一會兒傾聽星星的聲音，研究好久。

「不錯，這是一顆難得一見的超級幸運星，力量遠超過我們所能想像，而且直直朝著我們而來……」他說。

「此人一到，若能將他留下。我們就可以不必違背誓言了。」綠袖掩眯著眼。

「你的意思是？」紫衣人托著下巴。

「此人必定能力高強，可封他官職，將鎮國之寶交付給他，令他進京平亂。」

黑畫眉摸著長眉毛。

「這……不會太冒險嗎？」

「當然要先通過我們的重重考驗才行。」

「這幸運星何時到達？」

「三天後的清晨可到。」黃曆鳥拿著尺子量。

紫衣人看著千鶴寺外，黑夜中的山河大地，月牙兒昏昏暗暗，只有滿天星光，很有精神的一閃一閃。

「那我們就好好準備準備，」他說：「準備迎接大晴國的幸運星來臨。」

6 幸運星過三關

三天後的清晨。

空隆。千鶴寺的大門開了，紫衣人率領醫卜星相焚香祭拜。

「歲次甲子，三月初五。驚蟄。」觀星師黃曆鳥宣布。

「今日宜祭祀訪友結拜連姻植樹下葬動土開工，忌探病剪髮唱歌大笑剪指甲睡午覺跳舞洗澡與人過招。」神卜綠袖掩宣布，他精通每日運勢。

「今日向右則吉，往左有災。幸運數字是三、五、七、九。吉祥物是貓。不祥物是蜈蚣、蠍子、癩蛤蟆和死老鼠。」神相黑畫眉說。他精通方位風水、面相和各種開運物品。

「健康食品是麵條。」神醫白頭翁最後補充。

「大家都記清楚了嗎？」紫衣人威嚴的說：「大晴國的幸運星就快要到來，每個小細節都不可馬虎才好。」

「是。」四位先生躬身答應，各就各位。
「眞的會有人來嗎？」
紫衣人回到千鶴寺樓上，把觀星鏡當成望遠鏡往下瞧。
正下方，圍繞著千鶴寺的大庭園裡，白頭翁拎著掃帚，慢吞吞掃著落葉。
早晨的陽光，灑在池塘裡的紅色鯉魚背上，一閃一閃。
圍牆外，野燕子在彎曲的山路上來回飛翔。
山路上，一個小女孩唱著歌走來。
紫衣人張大眼睛。
女孩來到了高塔下方，站在高高的圍牆外，往上瞧。
「眞不愧是大晴國鬼部，」她看著雪白的高塔讚歎：「好高的莫怪樓。」
女孩拉拉鈴鐺，白頭翁推開大門。
「這位想必是莫怪樓的晴尙書。」女孩抱拳作揖。「在下烏梅，叩見晴大人。」
老人趕緊還禮。
「歡迎光臨千鶴寺，」拄著楊杖的白鬍子老人說：「不知這位施主有何貴幹？」
「千鶴寺？什麼時候改名叫千鶴寺了？」
「從來沒改過。」白鬍子老翁皺起眉頭。「這兒本來就是千鶴寺。」
「那，鶴在哪裡？」

「嘖。青龍殿難道就真的有龍嗎？小孩子別來胡鬧。快走快走。」

空隆一聲，木門闔上了。

白頭翁嘆了口氣，轉過身來，對著庭園裡的石頭假山鞠躬作揖，說道：「主公，只是個找錯地方的小女娃兒。」

「只是個孩子嗎？」躲在假山後面的紫衣人，和其他三位先生面面相覷。「奇怪，難道是算錯了？」

「不會錯。就是今天早上。」黃曆鳥說。

「世事難料。小娃兒也可能吉星高照。」綠袖掩說。

「不錯，請她進來吧。」黑畫眉建議。「她是不是我們等待的那個人，看她能不能通過我們的測驗就知道了。」

「這……可是我才剛把她趕出去……」白頭翁抓著後腦杓。

「黃先生，你幫他一個忙。」紫衣人向黃曆鳥使個眼色。

黃曆鳥點點頭，走到池塘邊，手指頭在水面畫圈圈，然後對著小小的漩渦輕聲細語：

「無心有意，

無蹤有影，

無風有浪，
無雲有雨。」
他沾起池水，朝天空彈了彈。
滴答。
一滴雨水落下，由蓮葉上滑進水池裡。
滴答。滴答答。滴答答答。
嘩……很快的，下成了一場大雨。
「唉。」圍牆外，小女孩抱著胳臂，一邊往山下走，一邊嘆氣：「卜錯了卦，找錯了地方，那也就算了，還忘了帶傘。」
空隆一聲，大門又開了。
白鬍子老翁笑咪咪的探出頭來。
「姑娘請留步，」老翁乾笑著對女孩喊：「哈哈，世事難料，大晴天的竟然下起雨來，姑娘何不先進來避一避雨？」
小女孩喜出望外，趕緊跑回來。
「老爺爺，我一看就知道你是個好心人，果然不錯。」
白頭翁撐著竹傘，微微一笑，慢條斯理說：「小姑娘，請到寺內躲雨，不過，從這庭園要進到千鶴寺內，有左右兩條路，左邊有小橋流水，右邊有花團錦簇，不知姑娘要選哪一條？」

眞囉唆。

「右邊右邊。」女孩低頭踩著水，往右邊小路跑去。

「選得好。」躲在假山後面的紫衣人喝采。「通過第一個測驗了。今日向右則吉，往左有災。你們在左邊設下什麼陷阱？」

「把木橋中間鑿空了。」黑先生說。

「這樣會不會太危險？」

「如果她就是那幸運星，自然不會選左邊。」

「也對。」

啪、啪、啪……女孩踩著水跑過花園小徑，前面出現一個小池塘，池面上一顆顆小圓石，蜿蜒排成一條路線，通往池塘對岸。

女孩想也不想，踏上小圓石，一蹦一跳，跳過小池塘。

「了不起。通過第二關了。」紫衣人喝采說：「她踩的是三、五、七、九號石頭，全是幸運數字。踩錯石頭會怎樣？」

「就會摔進池裡。」

「這樣會不會太危險？」

「如果她就是我們要等的幸運星，自然不會選錯。」

「也對。」

女孩跑到千鶴寺大門冂，兩扇大門緊鎖著，門上貼著一幅對聯：

入門需解題

張口有玄機

門邊蹲著一隻石獅子和一隻石貓，都張大了嘴。

女孩想也不想，伸手到石貓的嘴巴裡，拿出一把鑰匙。喀答一聲，大門開了。

「又過關了。那隻石獅子嘴裡裝著什麼？」

「蠍子、蜈蚣、吸血蝙蝠。」

「眞可怕。這樣不會太危險嗎？」

「如果她就是我們要等的人，自然不會有危險。」

「那萬一她不是呢？」

「呃……沒關係，我們這裡有神醫。」

「說得也是。咱們快從後門進屋去吧，很快就要輪到我們上場了。」

7 姑娘的脈相如何

淅瀝瀝瀝……

千鶴寺尖尖的美麗屋簷，淅瀝瀝的滴水，透過陽光，每顆水珠都晶晶亮亮。

「太陽雨耶，真是好兆頭。」小姑娘烏梅在大殿內木頭地板上坐下來，從背包裡抽出小手絹兒擦臉。

「那可不。咚咚咚。」斜插在背包裡的波浪鼓，搖頭晃腦說。

烏梅抬頭看著大殿，張大了眼睛。

「嘩，你看看人家大晴國的寺廟，簡直像皇宮似的。」她小聲對小鼓說。

白鬍子老人慢條斯理從庭園裡走過來，收起竹傘。「姑娘在對我說話嗎？」

「不，我在自言自語。」

白頭翁搖搖頭。這沒見過世面的鄉下姑娘，會是我們的救星嗎？

「這裡是本寺的小佛堂，地方小了點，也沒什麼擺設。」他說。

明明就是一座富麗堂皇、古色古香的寶殿，卻說是小佛堂。烏梅搗著嘴偷笑。

「你看看人家大晴國的人都這麼謙虛……」

「姑娘在跟我說話嗎？」

「沒、沒有。」

白頭翁手背在背後繼續說：「本寺雖然簡陋，初一十五香客還是絡繹不絕。」

「大家都來拜拜嗎？」

「也來看病。本寺有義診服務。」

「哦？」烏梅抬頭看著牆上「仁心仁術」的匾額。「你們請的大夫醫術好像還不賴喔。」

「咳。正是老衲。」白頭翁咳嗽一聲。「老衲略通醫術。」

白頭翁搬來小板凳。

「姑娘請坐。」

「哈，你叫我烏梅就行了。」

「烏梅姑娘面色蒼白，恐怕是受寒了。老衲為你把個脈。」

「老爺爺你別費心了，」烏梅想要站起來開溜。「我去看看雨是不是快停了？」

白頭翁伸出兩指輕輕按住烏梅的手腕，烏梅只好乖乖坐著。
「哇，好強的武功。」她讚歎著。
白頭翁微微皺著眉頭替她把脈。
「輕輕一按我就站不起來，眞不簡單。」烏梅讚歎著。
白頭翁歪著頭，表情很嚴肅。
「大晴國高手這麼多嗎？」烏梅自言自語著。
「姑娘可不可以安靜一會兒？」
「是。」
白頭翁閉著眼，細細從指尖端詳著烏梅的脈相。
一顆汗珠從他額頭滴下來。
「老爺爺，你冒冷汗耶，」烏梅笑著說：「恐怕是受寒了。」
白頭翁搖搖頭，站起身來。
「啊，老爺爺別生氣，我不說話就是了……」
「不，」白頭翁用充滿同情的眼神看著烏梅。「是老衲醫術不精，烏梅姑娘的脈相十分複雜，且待老衲進去查一查醫書，姑娘稍坐一會兒。」
白頭翁站起身來，走進大殿邊的小門內。
「怎麼樣？」小門內，紫衣人和其他三位先生齊聲問。

白頭翁搖搖頭。
「是個可憐的孩子，病得很重，活不久了。」他說：「我也束手無策。」
大家都愣住了。
「可是，她不是通過了我們的三道幸運星測驗？」
「是巧合吧。絕症之人還有什麼幸運可言。」
「唉，我們期待著大晴國的幸運星，卻等到一個病懨懨的小女孩。」紫衣人嘆氣。
「不過，奇怪的是，她一點也不病懨懨，反而充滿了生命力……我從沒看過壽命將盡之人像她這樣充滿希望和活力的。」白頭翁閉著眼睛。
「哦？」紫衣人露出好奇的眼神。
「主公，要打發她走嗎？」
紫衣人踱著方步。
「讓她上樓吧，請綠先生把守下一關。」
「是。」
「對了，你從她脈相裡看到什麼景象？」
江湖上人人都知道，神醫老人白頭翁最神奇的地方，就是每當他為人把脈，他都能看到「畫面」。

白頭翁張開眼睛，抬起頭。

「我只看到一片草原。」他說，彷彿看著遠方。

8 上上籤

金光閃閃的大草原上，每一片草尖都飄盪著陽光。

每一陣溫暖的風吹拂過，草原就變成波浪。

小貓似的烏梅姑娘，在草浪裡打滾。

跳呀跳，滾呀滾……一直滾到爸爸身旁。

抬起頭看爸爸，爸爸的貓鬍子好帥氣，爸爸的眼睛像陽光一樣，爸爸的背後是藍色的天空，和軟軟、柔柔的白雲。

爸爸微笑看著她。

草原的遠方，成群穿著鮮豔官服的貓，在大傘下乘涼。

這是貓島上美好的午後。

「烏梅，來，」爸拔下一把野草：「抽一支籤。」

小烏梅興奮的爬起來，盯著綠綠的野草尖在風裡顫抖，每一支都一模一樣嘛。

她閉上眼睛，抽了一支小草。

「怎麼樣？」

爸爸看著小烏梅閃亮的眼睛，大喊：「上上籤！」

「烏梅姑娘？」

「烏梅姑娘？」

千鶴寺的屋簷還在滴滴答答。

烏梅揉揉眼睛，抬起頭看著白頭翁。

「哈，才一會兒功夫我就睡著了。」烏梅睡眼惺忪說。

「姑娘，老衲冒昧問一句，你知不知道自己得了不治之症？」白頭翁問。

烏梅驚奇的張大眼睛。

「老爺爺你醫術不錯嘛。」她笑了。「平常的大夫都說我健康得很。沒想到你把個脈就知道我快死了，眞厲害。」

「哪裡。」白頭翁咳嗽了一聲。

「眞不簡單，大晴國隨隨便便一個略通醫術的老爺爺就有這種造詣。」

隨隨便便……略通醫術……這開朗的鄉下姑娘，眞的得了不治之症嗎？從脈相看來，她活不過一個月了，應該衰弱不堪才對，怎麼還能笑得這麼開心。

「唉，」白頭翁嘆氣說：「老衲的確是醫術不精，姑娘的情況十分罕見，老衲恐怕無能爲力。」

「沒關係，只要我死前能找到我爸，見到他一面就好了。」烏梅笑著說。

「令尊是？」

「啊，」烏梅吐了吐舌頭。「我爸說不能隨便跟別人說起他的事。」

「既然如此，老衲也不多問。看來這雨一時是不會停的了，姑娘就留下來吃頓飯吧？」

「那太打擾了吧？」烏梅揉著咕嚕咕嚕響的肚子說。嘿，錢包給海盜搶走了，正在擔心沒飯吃呢。

「不用客氣，姑娘既然來到千鶴寺，就要嚐嚐本寺的招牌餐點，本寺的素麵可是出了名的喔。」白頭翁呵呵笑著，帶著烏梅走上樓去。

不消片刻，熱騰騰的一碗素麵端上來了。

二樓的小齋堂裡，烏梅捧著精緻的瓷碗，拎著玉筷子，呼嚕呼嚕吃麵。

「好淡。」烏梅抬起頭苦笑說。「並沒有特別好吃嘛。」

「老衲並沒有說特別好吃，老衲只說是出了名的。」白頭翁說完就背著手走下樓去。

「不是出了名的好吃，那是出了名的什麼？」烏梅一邊自言自語，一邊捧著麵碗，走到放調味料的小櫥櫃旁，拉開櫥櫃門。

櫥櫃裡探出一張臉來。

「哇。」烏梅被嚇了一跳。

「太淡了嗎？」神卜綠袖掩站在沒有背板的櫥櫃後頭，指著櫃裡一整排調味瓶說：「請選擇。」

仔細一瞧，什麼調味料都有，鹽巴、糖霜、黑醋、白醋、醬油、麻油、蒜泥、青蔥、花椒、八角、榨菜、薑絲、辣椒子兒、芝麻子兒、胡椒子兒、五香粉兒……每個瓶子上都貼著一個大字：上、下、左、右、日、月、星、辰、東、西、南、北、個、十、百、千……

「這是在做什麼？」烏梅歪著頭，倒點醬油撒點蔥，加點芝麻子兒，撒撒辣椒粉兒。

「抽籤算命嗎？」

「姑娘真聰明。」綠先生微笑說：「本寺的靈籤神卦是出了名的。」

「哦？」烏梅坐下來呼嚕呼嚕吃麵。「您是命理大師嘍？」
「不敢，老衲只是略通占卜之術。」
「你看人家多謙虛。」烏梅偏著頭對背包裡的小鼓說。「都是略通什麼什麼的。」
「姑娘在對我說話？」綠袖掩抬頭。
「不，我在自言自語。」
綠袖掩看著烏梅選的四個調味料瓶上的字，皺起眉頭，沉思著。
「我抽到哪幾個字？」烏梅問。
「姑娘抽到的是日、星、八、百四個字。」
「我記得裡面沒『八』這字啊？」
「姑娘愛吃辣，拿著辣椒瓶灑了八下，辣椒瓶上貼著『個十百千』的『個』字，自然就算是『八』個。」綠先生解釋道。
「日、星、八、百……」烏梅咬著筷子沉吟著。「是吉是凶？」
「且待老衲進去獨自好好想想。」綠先生說著走進廚房裡去。
廚房裡，紫衣人和其他三位先生馬上站起來。
「怎麼樣？」他們問。
「大凶。下下籤。」綠先生搖頭，把烏梅抽到的四個字告訴他們。
「這四個字怎麼解釋？」

綠先生手背在背後，緩緩唸出他心中浮現的一首詩：

「日落西山下，
星爍如淚光，
八方去流浪，
百年難歸鄉。」

大家都垂下頭。

「唉，又重病，又苦命。看來我們眞的是等錯人了。」紫衣人說：「算了，給那孩子一點錢，打發她走吧。我們的幸運星不是她。」

綠袖掩推開廚房門，走到烏梅面前。

烏梅仰頭把麵湯喝完，笑咪咪說：「是吉是凶？你想出來了嗎？」

「唉……」

「我知道我知道，你先別說！」綠袖掩還沒開口，烏梅就興高采烈的把心中浮現的一首詩唸出來：

「日光多明亮，

星星更燦爛！
八仙皆降臨，
百花齊開放！」

「大吉！」烏梅笑得好燦爛。「眞不好意思，是上上籤！」

9 只是來借把傘

「這是怎麼回事？」廚房裡耳朵貼著門板的幾個人面面相覷。

綠袖掩的瞇瞇眼，也張大兩倍。

「你……也懂得解籤？」

「不敢，」烏梅作了個揖。「小女子只是略通占卜之術。」

「……」

「老爺爺，我這首籤詩，和您剛剛本來要說的一不一樣？」

「差……差不多。」

廚房裡，黑畫眉先生坐立不安。

「綠先生也真是的，何必聽這娃兒胡扯，快把她趕出去。」

「不。」紫衣人說：「我有個預感，這不是個普通孩子，我想綠先生也感覺到了，她有一種特別的力量……讓她上樓去吧。黑先生，準備最後的測試。」

「是。」

黑先生從密門走上樓，同時發出鳥叫聲的過關暗號。

外頭的雨還是淅瀝瀝下個不停。

「這麼大的雨，怎麼還有小鳥待在外面不回家？」烏梅看著窗外說。

「你不也是一樣，一個人在外頭亂跑。」綠先生說。

「我不是亂跑，是我爹叫我來找他的。」烏梅托著下巴嘆氣。「唉，我好想念他。」

「令尊是？」

「我爸說不能隨便跟別人提起他的事。」

「既然如此，老衲也不多問了。」

「唉，哪一天才能見到我爹啊？」烏梅又嘆氣：「如果有他在，一定會作出更好的籤詩的。」

「令尊是……」

「我爸說不能隨便跟別人提起他的事。」

「……」

「這雨要下到什麼時候啊？」烏梅瞧著窗外發愁。

「姑娘如果急著趕路，可以向本寺借把傘。」

「眞的嗎！那怎麼好意思！」烏梅跳起來，眼睛發亮。

綠先生笑著搖搖頭。這天眞開朗的小姑娘，到底是福是禍？他頭一次對一個人的命運完全沒把握。

「本寺備有各式傘具，請到樓上的商店參觀。」綠先生指著樓梯方向，看著烏梅走上樓去。

千鶴寺的三樓，迴響著清脆的風鈴聲。

天花板上垂吊著風鈴、紙鶴、小布娃娃、小水晶、小鏡子……各式各樣改運的物品，此外還有一些紀念品，像是千鶴寺的小模型之類的。

一位穿黑衣的嚴肅老爺爺，從「販賣部」櫃臺後面站起來。

「又來了個老衲。」烏梅歪頭對背包裡的鬼小鼓說。

「姑娘在跟老衲說話？」神相黑畫眉開口了。

「不，我在自言自語。」烏梅笑著說：「樓下的老爺爺說我可以上來這裡借傘。」

「請先塡申請單。」黑畫眉把紙筆遞給女孩。

眞麻煩。

「我只是要借把傘而已耶。」烏梅說。

「這是規定。」黑衣人頭也不抬。

烏梅皺著眉頭看著申請單。姓名、出生年月日、時辰、地點、生肖……

「全部都要填嗎？」

「全部。」黑衣人很不耐煩。

好不容易填好，交給黑衣人，又被退回來。「出生地怎麼沒寫？」

「寫不下。」

「寫背面寫背面。」

「算了，我不想借了。」

「寫了一半怎麼可以反悔？你開我玩笑嗎？你以爲我很閒嗎？」

烏梅只好在紙背寫上「懶洋洋的貓島」。

「貓島？在哪？」

「海外的一個小島。這樣可以了嗎？」

「還沒蓋章。」

「印章？沒有印章。」

「沒帶印章就要來借傘？」

「喂！」女孩扠起腰來。「誰知道會下雨啊？」

「那蓋手印好啦。」黑衣人把墨臺推過來。

烏梅勉爲其難捺上手印。

黑衣人接過來，盯著手印看，張大眼睛，抬頭，仔細打量女孩的臉，再揉揉眼睛，盯著手印。

接著他走到窗邊，叮鈴叮鈴，拉動一個小鈴。

「又有什麼問題嗎？」烏梅問。

「請稍候，我請我們主管來一下。」

「喂，我只是來借把傘耶！」

10 我的原形就是這樣啦

沒一會兒功夫，紫衣人和黃曆鳥都來到了櫃臺後方。

「這裡的老衲可真多。」烏梅嘆氣說。

三位老爺爺專心研究著那張申請單。

「主公，」黑畫眉驚奇的指著手印說：「這掌紋世間難得一見，將來必是福壽雙全，一切願望都能達成。」

「福壽雙全？」紫衣人摸著下巴。「白頭翁不是說她來日不多了嗎？」

黃曆鳥將申請單上的出生年月日，飛快的排出星座命盤。

「此乃人中龍鳳也。」最後他下了結論。「不是王公，也是貴族。」

「那麼，面相如何？」

「面相尊貴，氣宇非凡，我剛剛特別對她凶一些，她還是不卑不亢。雖然外表天真爛漫，舉止卻自有大家風範。只是看不見耳朵，難以定論。」黑畫眉搖頭晃腦說。

「喂，你們在櫃臺後面吱吱喳喳說些什麼？」烏梅踮起腳尖，對著那三位背對她的老爺爺說：「不想借我傘也沒關係，不用這麼爲難。」

「哈哈，別擔心，借傘手續已經通過了。我們只是在討論送你什麼禮物好。」黑衣人回頭說：「在本寺借傘，還附贈神祕小禮物一只喔。」

黑衣人轉過身來，手上拎著一個亮晶晶小髮釵。

「眞的？這麼好！」小女孩眼睛一亮，接過髮釵。她撥開頭髮，把髮釵別在髮鬢上，露出尖尖的貓耳朵。

大家都愣住了。

「你的耳朵爲什麼這麼尖？」黑先生眼神變得好銳利。

烏梅嚇了一跳，貓爪不由自主的從指尖冒出來。

「爪子？」黑先生倏的伸手，朝她手腕扣去。

烏梅靈巧的轉身閃開，尾巴卻從衣服裡滑出來。

「啊。」烏梅輕喊。

「尾巴？」黑先生大驚。「妖道，還不快現出原形！」

「原形？」烏梅抓著頭。「我的原形就是這樣啦。」

黑先生回頭問紫衣人：「主公，怎麼處置這個妖怪？」

「我才不是妖怪！我只是跟你們不同種族而已。」烏梅大聲抗議。
「胡說！沒聽說過有哪一族人會長尾巴的。」
「貓族就會。」
「貓族？」
「我不就說我在貓島出生的嗎？」
黃曆鳥先生走上前來。
「不錯，古書裡是有這樣的記載，傳說海外有座貓島，島上有貓族，沒想到是真的。」
「貓？」白頭翁和綠袖掩也跑上樓來。
「難怪她的脈搏跳得那麼快，貓的心跳是人的兩倍。」白頭翁說。
「那倒不能小看她的解籤詩了，傳說貓族都有驚人的預知能力。」綠袖掩說。
「哇，所有的老衲都到齊了。」烏梅看著一屋子老爺爺說。
「唉，」紫衣人嘆著大氣。「搞了半天，結果卻是一隻貓。」
「喂！你瞧不起貓嗎？」烏梅扠腰對紫衣人大聲抗議。
「放肆！」黑畫眉上前一步，大喝：「竟敢這樣對主公說話，你可知道他是誰？」
「那你可知道我爸是誰？」烏梅斜著眼瞧他。

「哦？是誰？」紫衣人歪頭好奇的問。

「我爸說不能隨便跟別人提起他的事。」

紫衣人大笑。

「小姑娘，」他微笑著走到烏梅面前。「對不起，是我說錯話啦。請原諒。不知令尊是哪一位大德？在下有件大事，想請姑娘上樓一敘，不知您意下如何？」

烏梅抬頭看著他如帝王般威嚴的濃眉和亮晶晶的眼睛。

「你叫我烏梅就行了。」她笑著點點頭。

11

誰不知道明之道

「烏梅姑娘，這邊請。」

「嘩！好豪華，這一樓是做什麼的？」

「請走這邊。」

「嘩，這些家具真精緻。」

「請別亂摸。這都是百年的古董。」

「好漂亮的花瓶！」

「小心……差點摔了。姑娘，樓梯在這邊。」

「這一樓又是做什麼的？」

「請走快一點！」

東張西望的烏梅跟著醫卜星相一行人，好不容易走上了千鶴寺七樓。

「嘩！」烏梅在寬敞的木頭地板上轉了一圈，看著金碧輝煌的天花板，驚歎得說不出話來。

紫衣人走上大廳中央的一座高高的寶座上，坐了下來。

「你坐那裡，那我們呢？」烏梅歪頭問。

「對不起，老習慣一下子改不過來。」紫衣人走下寶座，吩咐四人布置桌椅，不一會兒，就布置出個喝茶聊天的好地方了。

「哈哈，只是借個傘而已，何必這麼隆重的招待……」烏梅姑娘往正中間的大椅子一坐，掀開茶几上的金色盒子往裡瞧。

「姑娘，你的位子在這邊。」黑先生指了指旁邊的小椅子。

「黑先生，沒關係。」紫衣人自己坐到小椅子上。

「糖果可以吃嗎？」烏梅指了指金盒子裡的糖。

「請。」

烏梅嘴裡含著糖，悠悠的看著窗外。

「大晴國眞是個好地方啊。」她對背包裡的鬼小鼓輕聲說。

「可不是，咚咚咚。」小鼓也忍不住回答。

其他人都張大眼睛。

「我不是跟你說過，有別人在的時候別出聲嗎？」烏梅低聲喊。

「忘了嘛，咚咚咚。」

黑畫眉探頭往背包裡瞧。

「主公，是一只會說話的小鼓。」

「有這種事？快借我看看！」紫衣人又變得像個孩子似的。

烏梅只好把斜插在背包裡的波浪鼓借給他看。「它叫鬼小鼓。」

黃曆鳥在旁邊點頭說：

「嗯，沒錯，這就是古書上記載的『鬼鼓子』，是貓島上的特產，製作方法到現在還是個謎。看來，這女孩真的是從貓島來的。」

「瞧，還有眼睛和嘴巴呢！」紫衣人把鬼小鼓咚咚咚的轉了起來。

「別這樣！咚咚咚！」鬼小鼓抗議。

「真有趣！」紫衣人大笑。

「主公……」四位老人的聲音好低沉。

「啊，對了，」紫衣人咳嗽一聲，回復到威嚴的大人樣子。「請姑娘上樓來，

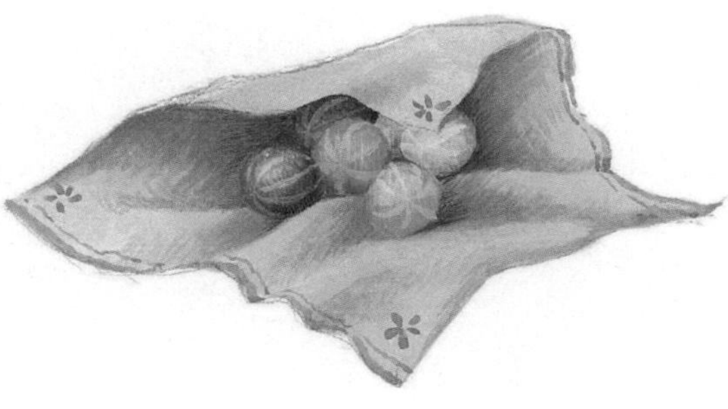

是有一件大事要和姑娘商量。事情是這樣的……」

紫衣人把事情的來龍去脈簡單說了。

「什麼？你們以爲我是幸運星？」烏梅指著鼻子。

「其實，我們也是半信半疑，姑娘輕易的通過三道難關，看起來運氣眞是不錯，可是同時卻身懷不治之症，來日不多。接著，姑娘抽到了下下籤，看來眞是倒楣透頂，沒想到你的一首解籤詩又理直氣壯，轉惡爲吉。後來，看姑娘的面相和命盤，都是福壽雙全、尊貴無比，只是沒想到，最後卻又發現你是一隻貓。」

紫衣人和四位老人都搖搖頭。

「我們都被你搞糊塗了。」

「哈哈……我又不是故意的。」烏梅臉紅了。

「烏梅姑娘，」紫衣人說：「能不能說說你的身世，得了什麼病？來大晴國又是爲了什麼？」

「哎呀。」烏梅尷尬的說：「我只是個福薄命淺又來日不多的小女子，千里迢迢來到大晴國，只想見我爸爸最後一面，沒想到看錯地圖找錯路，莫名其妙跑來打擾你們一頓，眞不好意思。那我這就告辭了。」

說完，她跳起來就要走。

大家趕緊站起來。

「萬一姑娘天賦異稟而不自知，你這一走，大晴國的災難就沒人能救了。」黃曆鳥說。

「哈哈，貴國風調雨順的，會有什麼災難？我可以再拿幾顆糖嗎？」

「……請。」

烏梅抓了一把糖放進背包，一邊說：「而且，既然你們都這麼能幹，什麼醫卜星相的，知道天子有難，幹麼不趕快自己進京救駕？就像戲裡面演的那樣啊……」烏梅比劃著野臺戲裡的動作，一邊唱，一邊繞著圈圈轉。

「快快班師回朝……進京救駕……呀呀呀……」

紫衣人和四位老衲面面相覷。

「看來，如果不把事情細說從頭。這丫頭是不會懂的。」紫衣人說。

四位老衲點點頭。

「沒錯，我們也應該先介紹介紹自己。」

紫衣人拉開小茶几的小抽屜，端出一個點心盒，裡面有各種不同顏色的精緻小甜點。本來唱完戲轉身就要開溜的烏梅姑娘，看到甜點，不知不覺又回到座位坐下來。

「姑娘一邊嚐嚐小點心，一邊聽我們爲你說個小故事。」黃曆鳥說。

「吃糖聽故事？我最喜歡了！」烏梅拍手。

黃曆鳥慈祥的點點頭。

「故事開始前，先介紹故事的主人翁。就是這一位。」

黃曆鳥望向紫衣人。

「哦？就是這位神祕的主公嗎？」烏梅走到紫衣人身旁，抬頭看著他亮晶晶的眼睛。「爲什麼四位老衲都那麼尊敬你？你到底是誰啊？」

紫衣人露出孩子似的調皮表情，笑笑說：「明知道。」

「明知道什麼？」

「你不是問我是誰嗎？」紫衣人指著自己說：「明知道。」

「我就是不知道才問你啊！」

「我就是明知道啊。」

烏梅歪著頭。

黃曆鳥低聲說：「看來主公的名諱和事蹟，還沒流傳到貓島上。」

「拿筆墨來。」紫衣人揮手。

鋪好紙，磨好墨，紫衣人揮毫寫了三個大字：

明之道

「故事要從二十年前說起……」紫衣人背著手，看著窗外說。

12 如果還有晴空

二十年前，埋在回憶的深深雲霧後面……

那是前一個朝代的事情了。

當時，天還是很藍，大地還是遼闊又美麗，但那是一個很貧窮的年代，大家都很窮，除了皇帝以外。

不過，很窮並不表示不快樂。

明之道，就是一位很窮但是很快樂的大男孩。好幾年前，他的父母親被路過的軍隊帶走，被帶到遙遠的海邊，去替皇帝建造夏天的宮殿，只留下他和失明的老奶奶相依爲命，住在山邊的破木屋裡。

就算這樣，一直到大水沖走他們的破房子以前，他都是一個快樂的雕刻師。

他是一位喜歡雕刻木偶的大男孩，他很喜歡他的工作，屋子裡掛滿了可愛的木偶。

「奶奶，這是一個大劍客喔！」每完成一個新作品，他都會興高采烈的講給奶奶聽。「綠色的草帽，藍色的劍柄，眼睛像寶石一樣。」

「啊，就像你小時候一樣帥吧？」奶奶白色的瞳孔看著遠方。

「沒錯！奶奶眞是好眼光！」明之道大笑，他小時候最愛扮成大劍客。

奶奶也笑了，笑得像一朵蒼白的花朵一樣美麗。

他永遠記得這最後一天的幸福時光。

第二天，大水來了。

他正挑著一扁擔小木偶人兒準備進城，半路上回頭一望，看見家園已經變成一片汪洋，白花花的大浪朝自己撲過來。

再見了，老奶奶。再見了，我的家。

迷迷濛濛中，他趴在自己家的門板上，漂流了三十里，腦海裡一直浮現老奶奶蒼白的笑容，和爸媽模糊的面孔。

接著，他就聽到吱吱喳喳的鳥叫聲，和七嘴八舌的討論聲。

「果然有人來了，黃先生的觀星術眞準。」

「這個被大水沖來的小伙子，能夠拯救天下蒼生？」

「世事難料。小伙子也可能吉星高照。」

「不急，讓我們仔細觀察看看。」

明之道張開眼，看到四個怪人圍著他瞧。

「這是帝王之相啊。」其中一人看著他的手相讚歎說。

「也是練武的奇才。」另一人把著他的脈說。

「請抽籤。」第三個人把籤筒遞過來。

「你們先別忙行不行？他才剛醒過來而已。」第四個人皺眉頭說。

明之道坐起身來，茫茫然看著這四位眼睛發亮的奇人，和他們背後壯麗的河谷風景，燕子在河谷中飛來飛去，河兩岸的山壁上布滿了洞穴，一半住著鳥雀、燕子，一半住著人，人們站在各自的山洞口，好奇的往下看。

四位奇人向他自我介紹。他們的名字可眞奇怪，可能是因爲在河谷中和鳥類住久了，所以也給自己取了像鳥一樣的名字。其中叫做黃曆鳥的那位，幾天前從天上密密麻麻的星星裡面，發現他們等了好久的人，就快來到。

「等誰啊？」明之道有氣無力的說。

「等一位明君啊，來帶領我們推翻暴君。」黃曆鳥說。

「明君？我是姓明沒錯。你們怎麼知道我要來？」明之道迷迷糊糊，又沒讀過什麼書，搞不懂明君是什麼意思，卻引起大家一陣歡呼。

接著綠袖掩讓他抽了籤，更確定他是眞命天子。

他抽到的是「個十百千」四支籤。

「個人喜惡擺一邊，
十八地獄待救援，
百尺竿頭進一步，
千鶴齊禮尊足前。」

綠袖掩掩喃喃唸著。百尺竿頭進一步，那不是高高在上了嗎？

山壁上的人們又歡呼起來。

明之道好不容易才搞懂，原來這群人是義軍，躲在這偏僻的山谷裡，等待機會來到，就要起義推翻朝廷。

「現在的皇帝有什麼不好？」他問。

「災荒遍野、民不聊生，都是他的錯。」黃曆鳥說。

「民不聊生是什麼意思？」他書讀得眞的不多。

「就是老百姓又窮又苦。」

「窮是窮，苦倒是未必。只要大水不來就好了。」明之道啃著饅頭說。

「你知道大水是怎麼來的嗎？就是因爲縣官貪汙了治水的經費，大河才會潰堤，像這種貪官到處都是，皇帝卻還在夏宮逍遙。」

「夏宮?蓋好了?」

「蓋好了。累死了一半工人，剩下一半，又去蓋冬宮了。」

明之道想起再也見不到爹娘、老奶奶和親愛的木偶們，心裡一酸，又差點暈過去。

白頭翁趕緊過來替他把脈。

「你看到什麼?」其他人問他。

白頭翁閉起眼睛看著遠方。

「我看到一個木偶大劍客，坐在黃金寶座上。」

幾年後，明之道站在山頭上，看著山下幾十萬密密痲痲的官兵，把他們團團包圍，忍不住後悔起來，唉，當初眞不應該相信那幾個江湖術士。

不過，也沒什麼好後悔的。他想。

他願意相信他們的話，加入他們的行列，也不是爲了自己。他只是想，如果眞能讓世界上不再有大水，不再有生離死別，不再有吃不飽的人，那就聽他們的吧。

如果自己流過的淚，能讓別人不再流，自己吃過的苦，別人不再受……

那就挺身而出吧。

所以，他才和他們在河谷裡一起生活、一起練武。幾年內，憑著瀟灑的風範、善良的個性，和比拿雕刻刀更有天分的劍法，他很快就成爲大家的偶像。

當時機到來，他帶領大家走向京城。靠著醫卜星相的神機妙算，他們打了好幾場勝仗，駐守在全國各地的節度使，紛紛帶兵加入他們，本來的小小雜牌軍，後來變成一支所向無敵的大軍。

他們歡欣鼓舞的朝京城前進。

不過，世事難料。

在京城百里之外，一座叫做「黑山」的大山上，他們遭遇到朝廷最精銳的部隊，一不小心，被數十萬官兵團團包圍在山頭。

那天晚上，黑夜就和烏鴉的羽毛一樣黑。

他躺在山坡上，看著滿天的星光，心情反而平靜下來。

他已經好久沒有這種感覺了。

他想起從前躺在草地上，雕刻著小木偶人，看著藍色晴空的時光。多麼幸福的日子啊。

不曉得犧牲這麼多生命以後，這種日子還會不會回來？

當山腳下的官兵拿著火把，開始進攻的時候，明之道對他身邊的所有人說：

「如果我們還能看到太陽再度出現在藍色天空，那我就要把我們建立的這個新國家，取名爲『晴』。」

13

你這個謎也似的姑娘

紫衣人明之道站在窗邊，看著記憶裡遙遠的那一場大戰。

「後來呢？」烏梅張著大眼，腮幫子含著糖問。

「後來，又死了很多人、很多人、很多人。」他說。「天才終於亮了。」

「你們打贏了？」

明之道點點頭。

「你當上了皇帝？」

明之道點點頭。

「你是說，你是大晴國的開國皇帝？」

明之道俏皮的眨了一眨眼。

「皇帝？」烏梅走到他面前，仔細端詳，然後把糖果噗的吐出來，拍拍袖子，往地上一跪。「小女子有眼無珠，請皇上恕罪。」

明之道微微一笑。「你這也是野臺戲裡學來的嗎？」
烏梅蹦的跳起來，笑著點頭。
「戲裡都這樣演的。皇上微服出巡，身分曝光時，多半就會有人跪著唸那段詞兒。哎唷，別開玩笑了，如果你是皇帝，不就是天子嗎，幹麼還說什麼天子有難？」她說。
「當今的皇上，京城裡的天子，就是我的孩兒。」
「是嗎？」烏梅又張大眼睛。「你是說眞的？」
明之道點點頭。烏梅咚的又跪了下去。
「太上皇！請恕罪！」
「別裝模作樣了，我看你根本不相信。」明之道把她拉起來。
「哈哈。」烏梅笑著跳起身來。「沒錯，我才不信呢，眞那麼大來頭，怎麼會住在這麼偏遠的古寺，連個衛兵都沒有。」
「這四位先生武功高強，比一隊侍衛都有用得多。」明之道聳聳肩。「更何況，我隱居千鶴寺，不過問世事已經很久了。不會有什麼危險的。」
他向黃曆烏先生使個眼神，又看著窗外。
黃曆烏替他把故事講完。
「那一場山頭上的大決戰以後，下了一場大雨，那場雨下了好久，好像要把整座山的鮮血都洗乾淨一樣。第二天，我們活下來的少數人，走進空蕩蕩的皇宮裡。宮裡的人不是死了，就是逃了。主公被我們請上皇帝的黃金寶座，一坐下，他就哭了出來。」

「哭什麼？」

「沒想到打仗會害死這麼多人。」明之道回頭，眼眶泛紅。「比大水淹死的還多。早知道這樣，管他們什麼神機妙算、醫卜星相，我都不幹。」

他看了四個老人一眼，又轉過頭去看著窗外。

「到底我是救了天下生靈？還是害慘了他們？從此以後，我每天都在想這個問題。我晚上再也不能好好睡覺，一閉眼，那些慘死的士兵面孔，就會浮現在我面前。大晴國立國十年後，天下漸漸太平，我的心卻還是得不到平靜。所以，最後我做了一個決定，把皇位傳給我的孩兒，和四位老朋友隱居到千鶴寺。我發誓，一天不想通，我就一天不離開這裡。」

「想通什麼？」

「為了戰爭，害死了那麼多人，到底是對是錯？那麼多人死在我劍下，該怎麼做，才能洗刷我的罪過？該怎麼做，我才能回到平靜的生活？才能像我以前那樣快樂？」

「這個嘛……」烏梅咬著嘴唇。

「唉，隱居到現在，我還是參不透。」明之道嘆氣。

「主公如果少喝幾杯，也許早就想通了。」黃曆鳥笑著說。

啪。黃先生揉著額頭。明之道打開扇子坐下來。

「現在我的孩兒有難，大晴國有了麻煩，我卻不能違背誓言，離開這裡。所以只能指望你了。」明之道合起扇子，指著烏梅。「你這個謎也似的姑娘！」

烏梅看著窗外，好像沒有聽到他的話似的。

過了一會兒，她才開始喃喃自語。

「唉。怎麼辦？雨還下個不停，也不能丟下他們不管。這些人好像都很有一套，什麼神機妙算的，卻連自己的麻煩都解決不了。說是什麼開國皇帝的，卻還要我幫忙，唉，我有什麼力量？爸，如果你在的話就好了……」

明之道和四位老臣面面相覷。

「啊，對不起，」烏梅笑著說：「我不知道怎麼辦的時候，就會開始喃喃自語。」

「……沒關係。」

「這樣好了，小時候，我爸給了我一個算命盒，說我拿不定主意的時候，就問問它。我來問問它，到底你們等的幸運星就是我呢？還是另有其人？」

烏梅把小木盒立在桌上。

大家都圍過來看。

烏梅掀開木盒的兩扇小門，拉開一個小抽屜，往裡瞧。

抽屜裡走出一個小人兒。

「來了！來了！」抽屜裡的小人兒指著外頭喊。

「誰來了？」烏梅歪著頭。

小人兒伸出三隻手指。

「玩比手畫腳嗎？三個字？」烏梅問。

小人兒點點頭，比比一隻手指，然後伸開雙手雙腳，做出大字形。

「第一個字，大？」

小人兒點點頭。比比兩隻手指，然後放下雙臂。

「第二個字，人？」

小人兒很高興，又點點頭，比比三隻手指，接著盒子裡開始冒煙。

「第三個字是……煙？大人煙？」烏梅歪頭。

小人兒在一片朦朧中搖搖頭。

「是霧！」烏梅眼睛一亮。「大人霧？」

小人兒鼓起掌來，一鞠躬，小抽屜關了起來。

「大人物！」烏梅張大眼睛看著大家。「有大人物來了！他才是你們眞正的幸運星！」

噹！噹！噹！門口的鈴鐺響了起來。

醫卜星相四大臣一起跳了起來，衝到窗口往下看。

圍牆外，出現一個背著紅書包的男孩，騎著一隻好大、好大的癩蛤蟆。

14 蛤蟆背上的男孩

男孩騎在大蛤蟆背上，在雨中徘徊。等了一會，沒有人來開門，就跳下蛤蟆，推開圍牆大門。

「他就是你說的大人物？」明之道站在窗口，指著男孩問。

烏梅聳聳肩。

男孩進了庭園，毫不猶豫的向左邊的小路跑去，啪、啪、啪……踩著水，跑上一座小橋。

「這個傻瓜。」黑畫眉搖搖頭。

撲通。

男孩一腳踩上橋上的窟窿，跌進湖裡。

男孩游上岸，回到大門口，向右邊的小路跑去，啪、啪、啪……跑到小池塘邊，一踏上小圓石，圓石一沉，撲通，又跌進池裡。

「看來，來了個倒楣鬼。不趕快阻止他的話……」白頭翁跑下樓去。
男孩好像一點也不灰心，他游過池塘，飛快的跑到千鶴寺門口，歪頭看了看門上的小木牌，把手伸進石獅子嘴裡。
「啊！」
慘叫聲迴盪在千鶴寺方圓十里的山谷裡。
「唉，還是晚了一步。」白頭翁搖頭說。
紫衣人站在窗口，指著昏了過去的男孩。
「這就是你說的大人物？」
烏梅聳聳肩。
白頭翁推開寺門，把昏迷的倒楣鬼抱進屋裡，在他嘴裡塞了一顆藥丸，又在他手上的傷口灑上金創藥。
「放心，沒事的。」白頭翁對匆忙跑下樓來的紫衣人、烏梅等人說。
「可是他昏迷不醒耶。」烏梅擔心的說。
「放心，死不了的……」白頭翁搭著男孩手腕把脈，笑咪咪說，話才說一半，笑容突然不見了。「不，依這脈相看來，這孩子應該已經死過一次了。」
「死過一次？」
「是個曾經死而復生的孩子，」白頭翁摸著他額頭。「孩子，你是妖怪嗎？爲什麼騎著那麼大一頭怪物跑到千鶴寺來？」

男孩張開眼睛，迷迷糊糊看著眼前幾個不同顏色的老人。

「快！不然就來不及了……」他虛弱的說。

「什麼事情來不及？」

「快逃，不然就來不及了。」

眾人互相看了一眼。

「神智不清了。你們真不應該在石獅子嘴裡放那麼毒的蟲子。」紫衣人說。

「快逃，」男孩喃喃說：「他比桃樹老人還厲害，你們打不過他的……」

說完，又昏了過去。

黑畫眉蹲下來端詳他的面相，又翻開他的手掌。

「此人命運坎坷、離鄉背井、四處漂泊。用句白話來說，就是背到極點了。」他說。

「所以這倒楣鬼也不可能是我們的幸運星了。」明之道嘆氣。「白先生，你從他的脈相裡看到什麼景象？」

白頭翁繼續替男孩把脈。

「我只看到一片燦爛的光。」他說，瞇著眼睛看著窗外。

大家都沉默了。

「還有什麼？」紫衣人問。

白頭翁眉頭抖動了一下。

「光芒中，有一塊陰影。」他說。「裡面站著一對慈祥的父母，和一個小女孩。」

烏梅摸著男孩的額頭。

「他發燒了。」

「爸……媽……」男孩在昏迷中，輕聲喊。「我好累。我要回家。」

「爸！媽！」

男孩飛奔進爸媽的懷裡，卻穿越過他們的身體。

他抹去淚水，靜靜的在他們身旁坐下來。

夕陽在草原的邊緣，靜靜散發最後的溫暖。

符咒摺成的小紙人兒，坐在小石子上，發出嗡嗡聲，朝著草原的上空放射光芒。

在光芒中，爸媽站在草尖上，慈祥的微笑著，看著晴空小侍郎。

昏迷的男孩，腦海中又浮現起他第一次使用「尋親符」的景象。

15

從莫怪樓出發的那一天

「晴空，動作快一點。趁雨停了，我們趕快出發。」

「好啦，等一下。」

「去跟灶王爺說再見了沒？」

「對喔，還沒。」

「快去啦，怎麼這麼拖拖拉拉的。」

「咦，晴爺爺留下來的符咒呢？」

「都已經裝進背包裡啦，你一半，我一半，公平吧？」

「好吧。」

「對了，你那件刀槍不入的披風我幫你洗好了，你去看看晾乾了沒有。」

「喔。」

「還有，剛剛大蜘蛛下樓來通知說，在我們出發前，神算師想見你一面。」

「喔。」
回憶的片段，像是陽光裡的小鳥，閃閃亮亮，跳來跳去。
千鶴寺裡昏迷不醒的晴空小侍郎，腦海裡又跳出出發那一天的回憶，和野丫頭晴風的嘰哩呱啦。
「喂，你看！彩虹耶！沒想到雨後風景這麼好！」
「嗯。」
「我們再走過這個山頭，就找個地方野餐好不好？」
「好啊。」
「你幹麼老是悶悶不樂的？」
「沒有啊。」
「很煩耶你！心裡有事又不說出來。」
「嗯。」
「你到底怎麼了？把莫怪樓的鬼魂都超度光了，歷任小侍郎沒人完成過這種壯舉的，結果你反而無精打采的。」
「我想家。」
烏梅坐在昏迷的男孩身旁，歪著頭，看著男孩的淚水滑下臉龐。

「在這裡野餐眞好！你說是不是？」

「嗯。」

「別又悶悶不樂，喏，把這張符咒收進袖子裡。」

「這是什麼？」

「尋親符。可以讓你見到想念的人。可別一下子把點數用光，以後找晴爺爺的時候還用得上。」

「謝謝你，晴風……你不用嗎？」

「我從小沒爹沒娘的，沒什麼人好想念的。」

「……」

「不過，待會我們分手以後，我可能會想念你喔。」

「是嗎？」

「哈哈，別傻了。我開玩笑的。吃飽了嗎？上路吧！」

烏梅奇怪的看著男孩淚水未乾的臉龐又泛起微笑。

一幕幕回憶，繼續在男孩心中放映著。

初春的原野，到處都是粉紅色的小花。

「從這裡開始，往東方去就是千鶴寺，往北就是京城的方向。」

晴風和晴空站在小土丘上，拿著地圖，往遠方眺望。

「該是分道揚鑣的時候了。」野丫頭晴風笑咪咪說。

「等我到了千鶴寺，把神算師交代我的事辦好了，就到京城去和你會合。」晴空小侍郎說。

「那牠怎麼辦……牠跟你走好了。」

女孩手掌上托著一隻小綠蛙。

自從桃樹老人離開以後，小綠蛙還是不太正常，一不小心，就又會變成巨大的癩蛤蟆。

男孩把小綠蛙接過來。「聽說千鶴寺有很多奇人異士，說不定能把牠治好。」

「是啊。」女孩看著遠方。

「你一路上要小心。」男孩說。

「廢話。」

「……」

「你自己小心點就好。自從你把福星給你的福氣都轉送給桃樹老人以後，你就一直走衰運，連走路都會跌倒。」

「我知道。」

「還有，我教你從袖子裡快速抽出符咒的動作，你到底學會了沒有？」

咻，男孩快速從袖子裡抽出一張符咒。

「不行，還不夠熟練，要常常練習。」女孩說。

「好。」

男孩和女孩靜靜站在上丘上。

風好涼爽。

「那就走吧，我們各自往前走。」最後女孩說。「誰都不准回頭看喔。」

說完，女孩就跑向地平線，像一陣風。

這以後，又過了好多日子。

小男孩一個人獨自往前走啊走的。

大晴國這片大地，好像永遠也走不到盡頭似的，而且到處都充滿稀奇古怪的東西。

一路上，他遇到了許多朋友，大部分都是鬼魂、小妖怪，偶爾也有可愛的小神仙。

他和他們發生的故事，他都放在心裡，就像把一盞小燭火放在小房間裡。

每當寂寞的時候，他就拿出尋親咒，依照符咒背面的使用說明，把它摺成小人兒，讓它像放映機一樣，放射出他心中想念的家人。

然後他就會靜靜的在爸媽面前坐一會兒。

有時候，他坐了一會兒又有力氣了，就站起來，繼續前進。

有時候，他也會覺得不想再往前走了。

幸好這樣的時候不多。

他總是能繼續往前進。

走哇走，走哇走，有一天，他終於來到了大河邊。

河的對面，有一座美麗的小白塔。千鶴寺，總算到了。

陽光很好，水波晶晶亮亮的。

好美麗。

太好了，一切都很順利，野丫頭晴風指點的路也沒有錯……問題是，怎麼過河呢？

男孩從口袋裡拿出小綠蛙，放在石頭上。
「你會游泳吧？」男孩笑著說。「可以載我過河嗎？」
咕呱！綠蛙大叫一聲，變大兩倍。
男孩愣了一下，退後一步。
咕呱！
綠蛙又變大兩倍。
「你又怎麼了？小蛙？」
綠蛙愈來愈大，男孩回頭，身後的小路上，一位戴斗笠、穿蓑衣的人向他走來。
他的頭低低的，斗笠也壓得好低。
背上還背著一個大葫蘆。
咕呱！
小綠蛙這時候已經變成像小山一般的巨大癩蛤蟆。
「你快走開！」男孩對斗笠怪客喊。「小心，牠會吃人的。」
斗笠客抬起頭來。是個蛇頭。
「哦？是嗎？」蛇頭人對大蛤蟆說：「你想吃我嗎？大蛤蟆？」
「呱！」蛤蟆大叫一聲。

說時遲那時快，咻，大蛤蟆被吸進了葫蘆裡。

16

梅蘭竹菊四公主

啪，千鶴寺的小禪堂裡，小男孩張開眼睛。

「謝天謝地，你終於醒了。」

烏梅姑娘坐在男孩身邊，輕輕拍手。「那個白衣老頭兒的藥還眞靈。」她拎起男孩額頭的小毛巾，摸摸額頭。「燒退了。」

「這是哪裡？」男孩揉著眼睛坐起來，看看四周，看著桌上的小佛像，聞著淡淡的薰香。

「說是叫什麼千鶴寺的。」烏梅聳聳肩。「連一隻鶴也沒瞧見。」

男孩歪著頭，看著女孩的貓耳朵。

「你是烏梅？」

「你怎麼知道我名字？」

「身負重病的烏梅？」男孩問。

「你怎麼知道的？」女孩歪著頭。

「本來要去莫怪樓找你爹，結果卻跑到千鶴寺來的烏梅？」男孩問。

「你什麼都知道耶你，真厲害。」烏梅抱拳一鞠躬。「在下烏梅，請問閣下尊姓大名？」

「我叫晴空，莫怪樓的小侍郎。」

烏梅咬著嘴唇，眼睛像擴散的漣漪一般愈張愈大。

「莫怪樓？你從莫怪樓來的？」她跳了起來。

「萬歲！爸爸！我來了！」烏梅在原地跳了一分鐘的貓舞。

「你的傷好了嗎？什麼時候要回莫怪樓？我跟你走。」烏梅攀著男孩肩膀說。

「等一下，」男孩從口袋裡拿出一封信。「你爸托我把這封信帶給你。」

「我爸知道我在這裡？」女孩喜出望外。

「神算師嘛。」男孩聳聳肩。

烏梅打開信。

小梅子：

我知道你最聽話了，十四歲這一年，就會來找我。

可是我也知道，你一定會找錯地方。

所以我叫這小侍郎來找你，他是個好孩子。
只要跟著他，你就會見到我。
辛苦你了，丫頭。希望我們很快就會見面。

父王

信的最後，還蓋了一個灰撲撲的貓爪印。

「父王？」晴空歪著頭。

「我爸是貓島的島主、貓族的國王。」烏梅說。

「那你不就是公主？」男孩問。

烏梅點點頭。「梅蘭竹菊四公主，喜歡唱歌與跳舞，調皮搗蛋不讀書，每天睡到正中午。」

「這是？」

「貓島上很流行的兒歌，你沒聽過嗎？」

男孩搖搖頭。

「很流行的。不過後來歌詞改了。」烏梅搖頭晃腦的說：「梅蘭竹菊四公主，中了鼠國詛咒術，爲報無端滅鼠仇，再活不到一十五。」

「那又是什麼意思？」

「沒什麼。」烏梅搖搖頭。「是貓島上很悽慘的兒歌。我們孿生四姊妹中了詛咒。三年前，爸爸帶了三位妹妹到大晴國來找解藥，只留下我一個，吩咐我十四歲這年再來。他都沒跟你說這些嗎？」

男孩搖搖頭。

「哈哈，眞奇怪，這些事我不隨便跟人說的，卻跟你說個不停。」貓女孩吐了吐舌頭說。「等你傷好了，我們就去找我爹。」

「我已經沒事了。」男孩看著手上神速癒合的傷口。「爲什麼要在門口設陷阱害人？」

「唉，都是那幾個老頭子做的傻事。」

烏梅把醫卜星相的事情，如此這般的說了。

「傻吧？等什麼幸運星上門，結果先是等到我這隻貓，又等到你這倒楣的傻小子。幸好眞的幸運星來了，不然他們還不死心呢。」

「幸運星來了？」

「嗯，正在外頭跟神醫喝茶呢。」烏梅說。

「是誰？」

「我也不曉得，你昏倒以後，過了一會，他就進門來了，輕功眞不錯，輕飄飄就避過那些陷阱，看來這次眞的是個高手。他們好開心，叫我在這小禪堂照顧你。」

「長什麼樣子？」

「戴著大斗笠，背著大葫蘆。」

「啊。」

男孩驚呼一聲，爬起身來，打開一個門縫，往外瞧。

「不知施主貴姓大名？」

千鶴寺大殿中，白頭翁給斗笠怪客倒茶。

斗笠客咳嗽了兩聲，沒回答。

「施主恐怕是受寒了，且讓老衲把脈看看。」

斗笠客伸出骨瘦如柴的手。

白頭翁手指搭上他的手腕，閉起眼睛，接著就看到一幅辛酸的景象，眼淚差點沒滴下來。

「你是……」

「沒錯。」斗笠客抬起頭。

17 鬼葫蘆

白頭翁從斗笠客的脈相中，看見多年前的一件辛酸事。

那是在晴朝開國的黑山之戰中，神醫白頭翁在淒涼的戰場上，見到一位瘦弱的青年士兵在地上掙扎著，身上中了一支短箭。

「救我！」青年士兵對他喊。「我認得你，你是神醫。」

白頭翁低著頭轉身離開，只留下一句：「可是你是我們的敵人。」

不知過了多少年以後，現在，這青年士兵又出現在他眼前。

現在，青年士兵從斗笠下抬起眼。

「那時候，你說的那句話，比箭讓我更痛。」

白頭翁臉色發白。「你是……」

「鬼，沒錯。不過我死後運氣還不錯，遇到鬼葫蘆，它說只要我進到葫蘆裡，就可以帶我來報仇。它果然沒有騙我。」

「鬼葫蘆？」白頭翁大吃一驚，

「鬼葫蘆？」躲在小禪房裡，從門縫偷看的晴空小侍郎和烏梅面面相覷。

「鬼葫蘆？」小侍郎從書包裡拿出一本厚厚的舊書，啪啦啪啦翻著。

「這是？」烏梅的大眼睛打著問號。

「《大晴風物誌》。莫怪樓圖書館的藏書。」男孩翻到介紹鬼怪的部分。「有了，鬼葫蘆……難纏的變種妖怪，魔力排行榜第三名。葫蘆裡裝著各種鬼魂，輪流出來背葫蘆。」

「輪流背葫蘆？」

「難怪我在湖邊遇見他的時候，是一條蛇，現在又變成年輕士兵。」

「哇。」

「你怕鬼嗎？」男孩看著烏梅眼睛睜得像銅鈴大、手臂起雞皮疙瘩。

「不，很刺激。」烏梅笑著說。

大殿裡，背著鬼葫蘆的青年抓著白頭翁不放，白頭翁推出一掌，青年就飛了出去。

青年輕飄飄落地，馬上又撲過來。白頭翁轉身就跑。

兩人在大殿裡追來追去。

「不要跑！讓我們決一死鬥！」青年喊。

「不行，今天不是好日子，不宜與人動手過招。」白頭翁繞著大殿團團轉。
烏梅噗哧笑了出來。
「再不想辦法幫他，他就危險了。」男孩說。
「不用擔心，」烏梅扮鬼臉。「這白鬍子老衲武功高得很，不會挨打的。」
「我擔心的不是這個……」
青年追不到老翁，停下腳步說：「我問你，神醫白頭翁……」
「什麼事？」白頭翁回答。
話一說完，咻！白頭翁就被吸進了葫蘆裡。
「我擔心的是這個。」晴空小侍郎指著鬼葫蘆說。
背著鬼葫蘆的斗笠客轉身走上樓去。
千鶴寺二樓，神卜綠袖掩看著斗笠怪客一步步走上樓來。
「你把白頭翁怎麼了？」
「把帝印交出來，不然你們都會跟他一樣。」
綠袖掩後退一步。
「你到底是誰？」
「你不是神機妙算嗎？怎麼算不出我是誰。」
綠袖掩看看四周，看到桌上還擺著烏梅剛剛抽出來的「日」、「星」、「八」、

「百」四個調味瓶，心裡又浮現出一首詩。

日日居黑山
星月長相伴
八方圍獵我
百嘆難生還

「你是黑山神？」綠袖掩打了個冷顫。

「不錯。」

斗笠客抬起頭，大斗笠下出現一對長長的獠牙——是一個野豬頭。

「哈哈，」綠先生苦笑著說：「奇怪，大難臨頭，我怎麼沒早點算出來。」

「你不逃嗎？」大野豬說：「就像我當初被你們圍獵時一樣，慌張的逃命？」

「恐怕逃不了。」綠袖掩屈指一算說。

「那麼，神卜綠袖掩！」

「嗯？」

咻！綠袖掩也被大葫蘆吸了進去。

斗笠怪客慢慢的又往三樓走去。

18 孩子氣的玩具劍

「我懂了。」躲在樓梯口的小侍郎自言自語。

「我也看出來了。」烏梅也點點頭。

「當它叫你名字，只要你回答它……」

「就會被吸進葫蘆裡。」

兩人互相看了一眼。

「那我們要趕快告訴其他人才行！」他們飛奔上樓。

千鶴寺的三樓，斗笠客一步步朝黑畫眉逼近。

這次背著鬼葫蘆的人，是一條魚。應該說是，一個魚頭人。

「往黑山上的河裡下毒，結果毒死整條河的水族，是你的主意吧？」魚人的魚

鰓一鼓一鼓的說道。「黑畫眉？」

「不要回答他！」晴空小侍郎大喊。「它是鬼葫蘆。」

黑畫眉搖著頭，一步步往後退。
斗笠客搖身一變，又變成一個螃蟹人。
「在黑山上，爲了改風水，活生生把我們整個螃蟹族的家園塡平，是你的主意吧？」螃蟹人嘴裡吐著泡泡說：「黑畫眉？」
「小心，你一回答，就會被吸進葫蘆裡了！」烏梅躲在樓梯口喊。
黑畫眉鐵青著臉，一步步往後退。
黃曆鳥和明之道飛奔到黑畫眉身後。
「主公，來了個難纏的妖怪。」黑畫眉說。「是傳說中的鬼葫蘆。」
「打得過嗎？」明之道想拔劍。
「今日不宜動手過招。」
喀喳！喀喳！螃蟹人的剪刀手把桌子椅子都剪成兩半。
「那……等死嗎？」明之道用劍鞘擋住螃蟹腳的攻擊。
黑畫眉拿起毛筆，咻咻咻！快速在自己臉上，以及黃先生、主公臉上畫上符咒。「有這護身咒，鬼葫蘆便拿我們沒轍了。」
果然，螃蟹人揮舞著兩把大剪刀手，無法接近三人。
一轉身，斗笠客又變成一個馬頭人。
那是一匹白馬。

明之道一看到牠，眼眶就紅了。

「你還記得我？」白馬說。

「當然。」明之道流著淚說：「當年我們一起出生入死。」

「那你爲什麼要那麼做？」白馬問。

「我沒有別的辦法。」明之道搖著頭。

淚水浸糊了他臉上的墨水。

白馬發出悲傷的嘶鳴。

「爲什麼要殺我？我對你忠心耿耿，你明知道……」

「是的，我知道。」他點點頭回答。淚水已經洗去了他臉上的墨水。

咻！明之道被吸進了葫蘆裡。

「主公！」其他兩人大驚失色，面面相覷。「怎麼辦？」

「只好追進去了……」黃曆鳥說。

兩人抹掉臉上的護身咒。

「鬼葫蘆！我們倆叫什麼名字？」

斗笠客又搖身一變，現在背著鬼葫蘆的人，是那早已死去的前朝皇帝。

「哈哈哈，奪走我大好江山的人，我怎麼會忘記？把帝印交出來吧，黃曆鳥！黑畫眉！」

「想得美。」兩人齊聲回答。

咻！咻！

千鶴寺三樓，一下子變得空空蕩蕩。

鬼皇帝回頭，看著躲在樓梯口的兩個小孩兒。

「喂！小子，知道帝印在哪嗎？快說！」鬼皇帝說。

「什麼帝印？糖果的話，樓上倒是很多。」烏梅說。

背著鬼葫蘆的前朝皇帝，穿著破破爛爛的龍袍，眼眶發黑，凶巴巴的逼近烏梅。

「別再靠過來！」晴空小侍郎拔劍。

鬼皇帝看到他拔出的是一把只有劍柄的短劍，不禁笑了起來。

「孩子氣的玩具劍嗎？」

「是啊。」晴空小侍郎把心中浮現的一首押韻的短詩，唸了出來：

「看來像玩具，
用來不含糊，
短劍來相助，
給我鬼葫蘆。」

就像以前一樣，這把劍沒有讓他失望。

劍柄滴溜溜長出葫蘆藤兒，藤上長出一個大葫蘆，樣子和鬼葫蘆一模一樣。

男孩把葫蘆摘下來，對著前朝的鬼皇帝。

「哈！戲法變得不錯，可是你不知道朕的名字，有鬼葫蘆也沒用。」鬼皇帝大笑。

「烏梅，查查看，前一個朝代的最後一個皇帝，叫什麼名字？」男孩回頭。

烏梅翻開《大晴風物誌》。「有了！」

她把書端到小侍郎面前。

「大賣丸？」小侍郎歪著頭唸。「這是什麼怪名字？」

鬼皇帝氣得吹鬍子瞪眼。

「竟敢直稱寡人的名諱，而且還唸錯。寡人姓『太』，名『貪丸』。」

「喔……是太貪丸。」小侍郎說。

「對了。」

咻！鬼皇帝被吸進了小侍郎的葫蘆裡。

19

打不開的算命盒

千鶴寺樓上，現在只剩下兩個孩子和一個大葫蘆。

「哇！你好厲害！」烏梅崇拜的看著小侍郎。

「別高興得太早。」男孩說：「這把劍的力量只能維持一分鐘，就會變回原形。」

「那怎麼辦？我們把這葫蘆丟到窗外？」

「不行，那些被吸到鬼葫蘆裡的人怎麼辦？要救他們出來。」男孩說。

「怎麼救？」

「我看看……」

男孩探頭到袖子裡面，在一疊符咒裡翻呀翻。

還沒找出可用的符咒，一分鐘就到了，幻影劍變成的大葫蘆咻的消失，背著鬼葫蘆的鬼皇帝跌坐在地上。

「可惡的搗蛋鬼……」鬼皇帝搖搖晃晃爬起來，向兩個孩子撲去。

「救命啊……」烏梅尖叫一聲，拔出背包裡的鬼小鼓，用鼓柄往鬼皇帝肩頭一戳。

好像被凍結似的，鬼皇帝瞬間動彈不得。

「這是？」晴空用眼睛問。

「我學過一些點穴術。」烏梅吐了吐舌頭，跑去把鬼皇帝背在身上的鬼葫蘆解下來。

「別胡鬧，快把朕放開……」鬼皇帝身體不能動，嘴巴還可以講話。

「那你要回答我一個問題。」烏梅手裡抱著鬼葫蘆說：「你是不是太貪丸？」

「沒錯，朕就是太貪玩，才失去大好江山。」鬼皇帝紅著眼眶回答，咻，又被吸進鬼葫蘆裡去了。

烏梅拿鬼小鼓當作瓶塞，塞住葫蘆嘴。「這樣應該就不會再有鬼跑出來了吧？」

「眞討厭，咚咚咚。」鬼小鼓抗議。

「忍耐點。」烏梅敲敲它。

「好可愛的小鼓，莫怪樓也有一面會說話的大鼓。」晴空說。

「那是它爸爸。」烏梅說。

「是爸爸。咚咚咚。」小鼓說。

千里之外的莫怪樓，大門口的鬼大鼓忽然覺得心中一陣溫暖。

而在細雨綿綿中的千鶴寺裡，晴空小侍郎翻開《大晴風物誌》這本厚書，仔細研究。

「關於鬼葫蘆的介紹很少，」晴空說：「只寫著，心無牽掛的人，就不會被鬼葫蘆所困。會困住人的，不是葫蘆，而是那個人的心事。」

晴空小侍郎抬起頭，對烏梅說：

「你有沒有看到我騎來千鶴寺的那隻大蛤蟆？」

烏梅點頭。

「我到達千鶴寺以前，在河對岸，就曾經遇見鬼葫蘆，那時候，很奇怪，那隻大蛤蟆先是被鬼葫蘆吸進去，可是沒一會兒，就又從葫蘆裡跳出來。幸好是這樣，我才能騎著牠過河來。」小侍郎說。

「爲什麼牠能逃出鬼葫蘆？」

「如果照這書上的說法，可能牠是一隻沒有心事的小綠蛙吧？所以鬼葫蘆關不住牠。」小侍郎微笑說，把小綠蛙中了咒語，動不動就會變成大蛤蟆的事，說給烏梅聽。

「好可愛。」烏梅咯咯笑。

「是好可怕吧？」晴空奇怪的看著她。

烏梅把鬼葫蘆的「瓶塞」拔起來，往裡瞧。

「沒心事就可以逃出葫蘆來嗎？」她把葫蘆端到晴空小侍郎面前。「那你往裡面說說話，勸他們出來嘛。」

男孩抓抓頭，想了想。

「喂，裡面的人，聽得到嗎？我是晴空小侍郎。」男孩往葫蘆裡喊：「只要把心事都拋開，就可以出來嘍！」

沒有動靜。

「我媽說，煩惱都是人想出來的。」

沒有動靜。

「別把自己悶在葫蘆裡，快出來吧！」

「我看是沒有用的。」烏梅說。「別喊了，晴空小侍郎。」

「好吧。」

咻！

回應烏梅的晴空小侍郎，被吸進了葫蘆裡。

「啊。」烏梅抱著鬼葫蘆，愣住了。

她抓抓頭，繞著圈圈走。

「這下怎麼辦？」

她走到窗邊。

千鶴寺外，還是煙雨濛濛。

「只剩我一個人了。」

千鶴寺外，美麗的山林和遠處的大河，在雨中好像蒙著一層紗。

「……如果我也進葫蘆裡去，說不定能勸他們出來。」

一陣暈眩，烏梅摀著頭。

好痛。

烏梅背靠著牆壁坐下來，汗如雨下，全身發抖。

又發作了。

本來一天只會在傍晚發作一次的，最近，發作的次數好像增加了。

她從背包裡拿出一顆糖果，含在嘴裡。貓島的草原、微風、晴朗的天空……就又浮現在眼前，就像糖果這麼甜蜜。

還有父親的面孔。

「我還要去莫怪樓找我爹呢。」她自言自語說。「如果我也被關在鬼葫蘆裡出不來，那就再也見不到父親了。」

慢慢的，詛咒的力量退去了。

烏梅站起身來，拎起背包，看著地上的鬼葫蘆。

「醫卜星相、明之道、晴空小侍郎……別管他們了吧。」她自言自語，走下樓梯，然後嘆了口氣，又走回來，拿出她的算命盒。

她坐下來，掀開算命盒。

「我該怎麼做才好？算命盒，如果我進到葫蘆去，是吉是凶？請告訴我……」

她把算命盒放在膝蓋上，伸手去拉小抽屜。奇怪的是，這一次，算命盒裡的每個小抽屜怎麼拉都拉不開。

她只好輕輕把它闔上。

烏梅低著頭想了想，然後輕輕抱起鬼葫蘆，自言自語起來。

「你記不記得，爸爸要離開的時候，在你耳邊說了什麼？小梅子？」她問自己，然後點點頭回答自己：「我記得。」

咻。烏梅也被吸進了葫蘆裡。

20 鬼葫蘆深處

在鬼葫蘆的深處，有一座黑暗的大山。

山腳下，密密麻麻布滿了火把。

山頂上，有個人把頭埋在臂彎裡，蹲坐在一顆大石頭上。

爲什麼？爲什麼我又回到這裡來了？

爲什麼我又回到這場惡夢裡來？

明之道蹲在大石頭上，一次又一次問著自己，可是沒有答案。

的的確確，他又回到了歷史上最慘烈的戰役，晴朝的開國戰爭「黑山之戰」的場景。

一匹快馬從東邊奔來。

「主公！東邊已經被包圍了！」騎在馬上的是黑衣神相黑畫眉。

另一匹馬從西邊奔來。

「主公！西邊也被包圍了！」騎在馬上的是綠衣神卜綠袖掩。

「主公，北方和南方，統統都被團團包圍住了。」

神醫白頭翁和觀星師黃曆鳥也都騎著快馬來報。

「我知道。」明之道緩緩的站起身來。「我們已經沒有退路了。」

「如今之計……」

「我知道你們要說什麼。」明之道說。

醫卜星相四人面面相覷，他們也隱隱約約覺得，這一切好像曾經發生過。

「你們是不是要告訴我，如今之計，只有非常手段，才能突破重圍？」月光下，明之道的臉孔好慘白。

「不錯。屬下卜得一卦，」綠袖掩說：「這座黑山的山神，是一頭大山豬，只要捕到山豬神，當作我們的開路先鋒，就可以旗開得勝。」

「屬下勘查過這黑山的風水地理，」黑畫眉說：「發現山頂小湖是當今皇室的龍穴，只要把小湖塡平，我們就勝利在望。」

「屬下提煉出一種毒藥，」白頭翁說：「只要在河中點上幾滴，就可以除去下游的官兵。」

「屬下夜觀星相，」黃曆鳥說：「發現今晚如果能用白馬向星空獻祭，就可以獲得神助，大破敵營。」

明之道抬起頭，看著月亮。

好懷念晴朗的天空啊。

他知道，如果照他們說的去做，會怎麼樣。黑山會鋪滿鮮血，河流的水十年內都再也不能飲用，山豬神的怨恨和白馬的悲鳴，以及無數士兵的亡魂，會每天出現在他的夢裡。而他將會坐上王座，成爲一個悲傷的帝王。

而黑山大戰所犧牲的生命，會讓晴朝成爲有史以來鬼最多的一個朝代。

我該怎麼辦……他跪了下來。

山腳下的官兵，已經擂起戰鼓。

而在鬼葫蘆的另外一個角落，晴空小侍郎走進他們家的那一條巷子。

陽光很好，毛茸茸的小花貓還是在牆頭上睡覺。

樹影在地上跳著舞，發出好聽的沙……沙……聲響。

微風好清爽。

媽媽和妹妹的笑聲，從風裡傳來。

沿著圍牆走十幾步，就到家了。

晴空小侍郎打開門，走進院子，花草盆栽都還是記憶中原來的樣子。

嗯，好香，是剛出爐的餅乾。

小侍郎把臉貼在紗窗上，看著家裡的餐桌。

爸爸、媽媽、妹妹……他們笑得好開心，眼睛彎得像月亮一樣。桌巾的花紋好美，杯盤微微閃爍著陽光，盤子上的餅乾香得好像是來自天堂。

餐桌的另一邊，坐著另一個自己。那個男孩也笑得好開心。

什麼悲劇都沒有發生過。

晴空小侍郎想著。

自從讓妹妹復活以後，世界好像就分岔了，分岔成兩個世界。一個是我在大晴國流浪的世界，一個是什麼也沒發生過的世界。

而我好像再也回不了那個正常的世界了。

眞的回不去了嗎？

他把臉貼在紗窗上，發呆。

可是，爲什麼我又回來了？

對了，我不是被吸進葫蘆裡嗎？

他站在院子裡，抬頭看著天空，藍色的天空，隱隱約約可以看到葫蘆口。

所以，這只是個葫蘆啊，說不定，我用力往上一跳，就可以跳出去了。他想。

可是我一點也不想離開這裡。

他又把臉貼在紗窗上。

妹妹在講一個不好笑的笑話，爸爸卻笑得很開心，媽媽在倒橘子汁，餅乾有三種口味，好像永遠也吃不完……

我一點也不想離開這裡。

好香。好甜蜜的感覺。他閉起眼睛。

21 貓島的往日故事

而在鬼葫蘆裡的另一個角落，有一座懶洋洋的貓島。

那裡的風，是從海上吹來的南風，先吹拂過草原，再拂過貓族的村莊，吹得每個人都懶洋洋。

從國王、王后、宰相、大臣……到貓爸爸、貓媽媽、貓爺爺、貓奶奶……每個人被暖洋洋的南風一吹，都懶洋洋。

只有到處亂跑的一群小貓，在草原上一邊跑，一邊跳。

「梅蘭竹菊四公主，喜歡唱歌與跳舞，調皮搗蛋不讀書，每天睡到正中午。」

他們甩著尾巴一蹦一跳，一邊唱。

白雲在天上輕輕飄動。

草原遠方，一個女孩緩緩走來。

「是尋梅公主！」小貓們豎起耳朵，踮起腳尖，大喊：「尋梅公主！」

小貓們興奮的朝著女孩跑過來。
女孩烏梅張大了眼睛。
貓島？我又回來了？
我不是進了葫蘆裡嗎？
小貓們繞著她團團轉。「公主！你猜我們今天玩什麼？」他們喊。
糟了。烏梅心裡震了一下。
「我們玩貓捉老鼠！」小貓們大笑。「來看我們的玩具！」
小貓們拉著烏梅，來到草原中間的一個小土堆，那裡靜靜躺著四隻小老鼠。
風停了。
四周忽然變得靜悄悄。
小貓們的笑聲變得好遠好遠。
「爲什麼？」不知從哪裡傳來淒涼的聲音。「爲什麼要傷害我們的孩子？」
鼠國的女巫婆婆從草原裡走出來。
「爲什麼要傷害我們的孩子？」臉上蒙著黑紗的老鼠媽媽們，走在女巫婆婆身後。「因爲沒有糧食，孩子們才會來這裡找食物，爲什麼要殺死他們？」
而在草原的另外一邊，走出一個高大的、瘦削的威嚴身影，那是貓族之王，神算師，他率領著身後的貓族公主和文武百官走了出來。

「爸爸！」烏梅喊。

爸爸對她微笑點頭，然後對著女巫婆婆和鼠媽媽們跪下來。

「請原諒我們。」國王說：「很久以前，我就預見了這一天，所以我頒布命令，告訴貓族百姓，永遠不能捕鼠。每隻小貓一上學，都會學到這一條規矩……沒想到，悲劇還是發生了。我已經盡力了。請原諒我們。」

幾隻闖了大禍、還沒上過學的小貓都低下頭。

女巫婆婆舉起手杖，那些傷心的老鼠媽媽們的黑色面紗飛上天空，露出她們哭得又紅又腫的眼睛。

黑色面紗飛向四位公主，纏住她們的脖子。

烏梅覺得快要呼吸不過來。

「我也要你們嚐嚐失去親人的滋味。」女巫婆婆說：「因爲你的懺悔，我不會讓她們馬上死去，但是……」

黑紗化爲一股黑煙，融進了四位公主的脖子。

「尋梅、訪蘭、伴竹、採菊，貓族最受喜愛的四位公主，將活不過十五歲生日那天。」

剎那間，貓島安靜得好像連呼吸聲都停了。

女巫婆婆帶著老鼠媽媽們走遠了。

貓族的文武百官都哭成一團。

梅蘭竹菊四位公主圍繞著父親，抓著他的大袖子，父親慈祥的低頭看著她們，他的微笑讓人好放心，好像他什麼都知道，什麼都不用擔心。

「小蘭、小竹、小菊，你們跟著爹到大晴國去，到那裡，爹會想辦法讓你們躲起來，暫時躲開詛咒的力量。」父王說，低頭看著烏梅。

烏梅也抬頭看著他。

「梅子，你和妹妹們比較不一樣，命運對你有別的安排。」父親把大手放在她頭頂。「你留下來，十四歲那年，再來大晴國找我們。」

淚珠在烏梅的眼眶打轉。「我也要跟你們一起去。」

父親堅定的微笑著，蹲下來，看著她的眼睛。

「相信我，梅子，你的命運很特別，你比我們每個人都有更好的命運，有一場奇妙的冒險在等著你，有一個重要的任務在等著你，最後，你的未來會比所有人都還要光明。」

一串串淚珠閃爍著滑下烏梅的臉龐。

「可是，十四歲那年……我真的找得到你們嗎？」

父親只是笑咪咪看著她。

「我眞的還能再見到你嗎？爸爸？」

父親笑咪咪，不說話。

「我眞的活不到十五歲嗎？爸爸？以後到底會發生什麼事？如果你都知道，請你告訴我……」

但是爸爸只是靠在她的尖耳朵上，用溫暖的聲音，輕輕講出兩句深奧的話語：

「但行好事，莫問前程。」

烏梅再抬起頭，父親已經牽著妹妹們走進草浪中。

藍色的天空，飄著模糊的白雲。

白雲後面，隱隱約約可以看到鬼葫蘆的出口。

哈，鬼葫蘆。原來如此。

烏梅勇敢的站起來，抹去淚水。

原來這些過去的事，只不過是記憶裡的幻影，我才不會被關在幻影裡呢。

趕快去找其他人吧。可是，到哪去找呢？

她一邊想著，一邊走在大草原裡，輕輕哼著小時候爸爸教她的歌。

「我的心是藍天，每一天都是上上籤……」

唱著唱著，她忽然開心起來，覺得愈來愈輕快，於是跨出大步，奔跑起來。

在草原中奔跑，眞是愉快！

整座貓島慢慢消失了，變得愈來愈透明。

大草原的前方，變成一片空白……

喝！

烏梅大喊一聲，用力往上一跳，跳上天空，雙手攀住葫蘆口，往下眺望。

「找到了！晴空小侍郎！」烏梅開心的喊，放開手跳下來。

咻。

樹影婆娑的院子裡，隔著紗窗，看著家人吃餅乾的晴空小侍郎回頭，看到烏梅就站在他身旁，嚇了一大跳。

「你怎麼也來了？」

「這是什麼奇怪的地方？」烏梅好奇的把臉貼在紗窗上看。「原來這就是你的心事啊。別看了，這都是假的。只是回憶而已。」烏梅拍拍他肩膀。

男孩感覺心裡一亮。

「走！我們快去找其他人。」

烏梅拉起男孩的手，往上一跳，又跳上了天空。

22 金鑾殿和遊戲符

在千鶴寺的西北方，千里之外的大晴國京城……

大晴國皇宮。

金黃色的屋瓦，在陽光下閃耀著。

雪白的鴿子成群翺翔過天空。

眞是太平盛世啊。

皇宮中的宮女打著呵欠。

老僕役們慢吞吞的掃著地。

文武百官已經好幾天沒有人來上朝了。

呵呵，無事免朝。這是皇上親自下的命令，除非天塌下來，不要來吵他。丞相自然會替他打理天下大事。

反正天下太平嘛。

轟。

大晴天的，忽然打了個悶雷。

轟隆。

天陰了下來。

轟隆隆。

轟隆隆隆隆……

這不是雷聲，是馬蹄聲。滾滾的塵沙瀰漫天際。

馬蹄聲愈來愈近……砰磅！

一聲巨響，城門被炸開了。

千軍萬馬從城牆的缺口湧進來，潮水似的湧進皇宮，直奔金鑾殿。

而在金鑾殿門口，站著一位手握青龍偃月刀的少年，那正是當今聖上，大晴國的小皇帝。

「大膽狂徒！」小皇帝威風凜凜大喝一聲：「還不跪下！」

衝進宮中的大軍停了下來，第一排官兵屈膝跪下。

「哇哈哈！」小皇帝得意的大笑。

第二排官兵彎弓搭箭。

「咦？」小皇帝歪頭。

咻咻咻，密密麻麻的箭陣朝他頭頂飛來。

「哼，看我的！」小皇帝把皇冠摘下來，甩到一邊，掄起大刀，將一把大關刀揮舞得滴水不漏，好像螺旋槳一般。

劈里啪啦……如雨絲般的飛箭，統統都被他擋開。

接著他深吸一口氣，身上發出一陣金光，把青龍偃月刀往地上一插，大地就裂開了，一半的敵軍都掉進地洞裡。

剩下的一半敵軍大聲吶喊，拍馬朝小皇帝殺來。小皇帝東一閃、西一躲，北一砍，南一刀，刀法如行雲流水，姿勢優美極了，敵人都紛紛落馬。

「這是什麼刀法？」敵軍氣喘吁吁問。

「這叫做萬歲萬歲刀。」小皇帝眼睛看著天空說。

「沒聽說過。」

敵軍中有四位大將軍，拍馬衝上前來，小皇帝往上一蹦，跳上金鑾殿屋頂，四大將軍輕功也毫不含糊，飛身躍上屋瓦，一位使劍，一位使槍，一位使方天畫戟，一位使流星鎚。

刀光劍影下，瓦片裂的裂，碎的碎，四散亂飛。

兩百多招後，小皇帝漸漸累了，畢竟年紀小，打得手好痠。一不小心，輕功跳得不夠高，腳上被方天畫戟劃了一刀，背後又被流星鎚擊中，掉了下來。

「啊！」

砰，一個倒栽蔥，小皇帝摔死在地上。

天空整個暗了下來。

天邊出現一行字：「你死了。請再玩一次。」

咻。天空恢復晴朗。

雪白的鴿子在金鑾殿外的廣場上散步。

宮女們打著呵欠。

老僕役們慢吞吞的掃著地。

「啊，這一關眞難。」

小皇帝從地上坐起來，搖頭嘆氣，把綁在額頭上的符咒解開來。

「唉，忘了存檔。又要從頭打起了。」他把被汗溼的符咒擰乾。

一位少女從金鑾殿裡跑出來，身上的金飾和項鍊珠寶發出叮叮咚咚的好聽聲響。

「哥！你玩夠了沒有，一天到晚玩遊戲符！」

小皇帝抬起眼皮瞄著小公主。「請叫我皇上。」

「哼，什麼皇上。」小公主扠腰說：「小心我飛鴿傳書到千鶴寺，跟爹爹說你一天到晚只會玩遊戲。」

「哎呀，不要打小報告嘛，我借你玩。」小皇帝把遊戲符遞給他妹妹。

「才不要，這種打打殺殺的遊戲有什麼好玩。」小公主灑米粒餵鴿子。「無聊死了，如果讓我當上皇帝，什麼符呀咒的，我一律禁止！」

「你別作夢了。」

小皇帝懶得理小公主，跑進金鑾殿，對著殿中的一面銅鏡說：「丞相在嗎？」

銅鏡發出一陣沙沙聲，接著出現丞相大人的影像。

「臣在。」

「請問遊戲沒存檔的話，眞的不能從四大將軍那一段接著打嗎？」

「啓稟皇上，不能。」

「那……有密技嗎？」

「這個嘛，我問問看。」

「還有，現在遊戲符上面寫著『三』，意思是說只剩三條命嗎？」

「正是，皇上只剩下三次挑戰機會了。」

「不能叫符咒實驗室那些人多加幾條命嗎？」

「呃……我問問看。」

「還不快去問，三條命我很快就用完了。」

「臣遵旨。」

銅鏡又發出沙沙聲響。

在大晴國皇城的一個祕密角落，一座掛著「符咒實驗室」匾額的大衙門裡，幾個研究人員正在一張大桌子上埋頭研究另一張符咒。

那是一張發黃、龜裂的古老符咒。

而在他們背後，丞相大人背著手踱步。

「我再問你們一次，」丞相大人壓低了嗓門說：「把遊戲符裡的命用完了，玩遊戲的人也會沒命，是不是？」

「是，大人。」

「你們確定？」

「是，大人。」

「沒搞錯？」

「是，大人。」

「你們除了『是，大人』以外，可以說點別的嗎？」

「是，大人。遊戲符裡的最後一條命，就是玩家自己的生命。在遊戲裡失敗，玩遊戲的人也會被殺的。」

丞相又背著手踱步起來。

「你們要知道，我也不是那麼狠心的人，我是不得已的。」

「是……」

丞相走回到大桌旁，重新盯著桌上那張斑駁泛黃的古老符咒。

「你們花了這麼久時間鑑定這張符咒，結果如何？」

「這張符上寫的恐怕是眞的。」研究人員說：「我們還沒見過威力這麼強的符咒，雖然很破舊了，還是充滿力量。說不定，它眞的可以……」

「噓。」丞相說。

「是，大人。」

「鬼將軍！」

鬼將軍從牆上的一幅水墨畫裡走出來。「臣在。」

「你的鬼大軍籌備得如何了？」

「自從上次對莫怪樓出師不利之後，屬下又再度率領小鬼們抬著鬼轎子去蒐集妖魔鬼怪，現在天下鬼怪十之八九都已經被網羅到我麾下。有了這一隊大軍，加上大人這張古老的符咒，說不定，這一次我們眞的可以……」

「噓。」

「是。」
「現在只缺帝印了。你派去的鬼葫蘆，怎麼去了這麼久都沒消息？」丞相皺著眉頭。
「如果不是兩個野孩子突然跑來搗蛋，帝印早就到手了。大人您看。」
鬼將軍把掛在胸前的一枚小銅鏡取下，遞給丞相大人。銅鏡上浮現出鬼葫蘆裡的影像，還有一個貓耳朵女孩，和一個張著大眼睛的男孩。

23 無奇庵

烏梅和晴空小侍郎坐在葫蘆口往下看，卻看不到醫卜星相等人的蹤影。他們一定是掉到鬼葫蘆更深的地方了。

兩人只好在鬼葫蘆裡到處尋找。

「他們到底去哪裡了？」

「你看，前面有一座小廟。」

鬼葫蘆的某一個角落，有一片荒涼的黃土地，烏梅和晴空朝著前方一座古老的小廟走去。

小廟外，有個駝背老婆婆在掃落葉。

「老婆婆，你怎麼一個人在這裡？」烏梅說。

老婆婆抬起頭咧嘴笑，烏梅說的話，也不知道她到底有沒有聽到。

「這裡是鬼葫蘆耶，你快出去吧！」晴空說：「我們帶你出去好不好？」

老婆婆張大眼睛，一副好驚訝的樣子。「啊！」

「別怕，我們不是壞人……」

「不……」老婆婆張開只剩一兩顆牙的嘴巴：「我不是害怕，我是驚訝。」

她拿著掃把繞著兩個孩子轉，上上下下打量一番。然後說：

「要帶我出去？你的意思是說，你們可以自由出入鬼葫蘆？」

兩個孩子點頭。

「哈哈哈哈！」老婆婆突然仰頭大笑，笑聲好宏亮，幾乎震破耳膜。

大笑完，她又衰弱得好像連掃把都拿不動。

「很好。」她點頭說：「你們來得很好……」

她把掃把遞給晴空，把畚箕遞給烏梅。

「我老了，你們幫我把庭院掃一掃吧，掃完就進來喝茶，天快黑了，葫蘆鬼快來了。」老婆婆有氣無力的走進破廟裡去。

晴空和烏梅面面相覷。

「葫蘆鬼？」

沙……沙……黃土地上的風沙，不斷把落葉吹進破廟的小庭院。

「老婆婆！」晴空朝廟裡喊：「這怎麼掃得完！」

「該掃就要掃。」老婆婆說：「能掃多少，就掃多少。」

晴空皺起眉頭。

「而且開開心心的掃。」老婆婆補上一句。

開開心心……在這鬼地方，誰還開心得起來呀？心裡這樣嘀咕，晴空小侍郎還是拿起掃把，掃起地來。

不管怎麼掃，落葉還是不斷飄散下來。

過了一會兒，老婆婆又出現在門邊。

「喔！你們掃得很好嘛！」

其實根本還是滿地落葉。

「既然掃好了，就進來喝杯茶吧！」

小廟裡只有一尊小石像，幾乎沒有什麼擺設。老婆婆坐在地上，倒茶給兩個孩子。

「你們眞是兩個好孩子。我在鬼葫蘆裡住了這麼久，還沒見過像你們這麼乖巧的孩子。」老婆婆說。

「老婆婆，你被關在這裡很久了嗎？我們幫你逃出去好嗎？」烏梅說。

「哈哈，我想出去的話，早就不在這兒啦。」老婆婆瞇著眼睛，看著杯口的熱氣。「是我自己要搬進鬼葫蘆裡來住的。」

烏梅和晴空張大眼睛。

「被關在鬼葫蘆裡的人，實在太可憐了，總要有人進來救他們。」老婆婆看著霧濛濛的水氣。「自從我把整座廟搬進鬼葫蘆裡來定居，算一算，已經幫七百九十九個人逃出鬼葫蘆了。葫蘆鬼一定氣死了。哈哈哈……」

老婆婆又抬頭大笑起來。

屋頂上有些灰塵掉了下來。

大笑完，老婆婆又恢復有氣無力的樣子。

「來，吃柿子。」老婆婆掰開一個紅柿子，分給兩人。

「葫蘆鬼是誰？」晴空問。

「就是鬼葫蘆的主人啊。以前，我打不過他，所以他一來，我就關起廟門，躲起來。現在你們來了，如果我們一起合力的話，說不定有勝算喔……」

話還沒說完，就聽見外面的風沙之中，有一種奇怪的聲音。

嘎吱……嘎吱……

「眞是說葫蘆，葫蘆就來了。」老婆婆打著呵欠說。

晴空和烏梅跑到窗邊，只見一個頭上戴著鬼面具的小孩子，手上拎著一條長長的細鐵絲，滾著一個小鐵環，嘎吱、嘎吱的走進院子裡來。

老婆婆站起來把門窗都關上。

「老婆婆，出來玩嘛。」葫蘆鬼在門外喊。

老婆婆坐下來繼續喝茶。

「嗯，好茶。」

「老婆婆！出來玩嘛！」砰！砰！砰！葫蘆鬼用力敲著門。

小廟忽然搖晃起來，牆壁都龜裂了。

從窗縫往外看，可以看到葫蘆鬼的小鐵環，已經變成一個好大的大鐵環，把整座廟緊緊箍住，好像橡皮筋似的，愈箍愈緊。

整座小廟嘎吱嘎吱作響。

「你們還要不要再吃一點？」老婆婆捏著柿子，問兩個孩子。

兩個孩子看著快裂開的牆壁，搖搖頭。

老婆婆把最後一塊柿子塞進嘴裡，然後慢條斯理的把小桌子擦一擦，朝著小石像拜一拜，最後再把小火爐裡的炭火用灰沙蓋好。

每一件小事，她都做得從容又優雅，面帶微笑。

「這老婆婆眞有趣，房子都快垮了，還在做家事。」烏梅拉拉晴空的袖子。

「該做的就要做。」老婆婆喃喃說：「能做多少，就做多少。而且開開心心的做。」

嘎吱……嘎吱……小廟搖晃著。

牆上掛著一塊灰撲撲的小木牌，原本看不出上面寫什麼，小廟一晃，木牌歪了一邊，灰塵落下來。

「無奇庵……」晴空小侍郎把木牌上的字唸出來。

老婆婆蹲下來，在一個箱子裡找東西，一邊哼著歌兒：

「平凡，無奇，掃地，洗衣，
燒茶，煮飯，散步，休息，
哈哈哈，嘻嘻嘻。
平凡，無奇。平凡。無奇。」

24 解結戒和心房符

老婆婆蹲在地上找了半天，終於從箱子裡找出幾樣東西來。

一張破破舊舊的符咒和一枚小戒子。

「找到了！解結戒和心房符！」老婆婆開心大喊。「來！」

老婆婆把戒指戴在烏梅手指上，把符咒交到晴空小侍郎手裡。

「葫蘆鬼是鬼葫蘆的主人，只要他不作怪，要救出被關在鬼葫蘆裡的人，就容易多了。」老婆婆拍拍他們肩膀。「我們三個人加上三樣寶物，一定沒問題的。」

「三樣寶物？」

「心房符可以打開一個人的心，讓你走進他心裡。」老婆婆指了指男孩手上的符咒，又指了指烏梅。「解結戒可以照亮一個人的心，如此這般。」

老婆婆教烏梅怎麼旋轉戒指的開關，教男孩怎樣使用心房符。

「會了吧？好，出發吧。」

「那第三樣寶物在哪裡？」烏梅問。

「在這裡，」老婆婆指了指胸口。「在心裡面，我會把它唱出來。放心，有這支霧笛伴奏，應該還不至於太難聽。」

她從口袋抽出一支小木笛，擱在脣邊，柔和的笛音像河上的煙霧般飄了起來。

不只是笛音，屋子裡的三個人也飄了起來。

嘎吱，嘎吱，小廟搖晃著。

轟。小廟被緊箍的鐵環擠成碎片。

兩個孩子拉著老婆婆的手，在碎片中浮起，看著小廟在腳下倒塌。

「老婆婆，你的廟沒了，快下來陪我玩吧！」葫蘆鬼拍著手笑著說。

「好啊，」老婆婆也慈祥的微笑著。「我們來玩唱歌兒。」

老婆婆一邊帶著兩個孩子下降到地面上，一邊開始唱起歌來，奇妙的是，笛音並沒有消失，霧笛自己繼續爲老婆婆伴奏。

老婆婆唱著：

「世界上什麼最好？

世界上什麼最糟？

世界上什麼你最喜歡？

世界上什麼你最缺少？
請你唱唱看，好不好？」

葫蘆鬼孩子氣得拍著手，一邊轉圈圈一邊唱：

「世界上媽媽的笑容最好，
媽媽的吼叫最糟，
媽媽的歌聲我最喜歡，
媽媽的讚美我最缺少。」

唱完，葫蘆鬼就蹲下來哭了。

老婆婆對晴空小侍郎使眼色。「快，趁現在。」

晴空小侍郎拎著「心房符」，悄悄走到葫蘆鬼背後。葫蘆鬼忽然抬頭。

「你要做什麼？」

「呃……」

咻！一個鐵圈飛過來把小侍郎緊緊箍住。

葫蘆鬼又唱了起來：

「世界上什麼最苦？
世界上什麼最無辜？
世界上什麼最不舒服？
世界上什麼最讓人想哭？
你唱唱看啊！唱唱看！」

晴空小侍郎痛得眼淚都快掉下來了，別說是唱歌，話都說不出口。

老婆婆把歌接過來唱：

「走不出自己的心事最苦，
不懂得愛自己最無辜，
充滿恨的感覺最不舒服，
感覺不到愛，最讓人想哭。」

「你說得很對。」葫蘆鬼跪了下來，蒙住臉，肩膀抖動著。

老婆婆從晴空小侍郎手裡接過符咒，踮著腳尖走過去。

葫蘆鬼忽然抬頭，銳利的眼神從鬼面具的背後射過來。「可是，你是爲了打敗我才唱這些給我聽的吧？」

咻！又一個鐵圈飛過來，把老婆婆緊緊箍住。

「不，我是眞的想幫你，你這樣太可憐了。」

「不用別人可憐我！」葫蘆鬼大叫。

這時候，一個優美的歌聲，伴隨著笛聲飄揚起來。

烏梅撿起老婆婆的霧笛，一邊吹笛，一邊唱：

「其實只是個純眞的小孩，
卻要戴著魔鬼的面具，
明明想要找人玩，
卻把每個人都害慘，
這種事情最苦，
這種孩子最無辜，
這種遊戲最讓人不舒服，
這種故事最讓人想哭。

你說是不是？可憐的孩子。」

葫蘆鬼抬起頭看著烏梅，這女孩笑得好慈祥，簡直不像是一個小女孩，簡直像……

「媽媽？」葫蘆鬼紅著眼眶。

鐵圈鬆開了，晴空小侍郎走過來，輕輕把心房符貼在葫蘆鬼的背心上。

剎那間，一陣濃濃的煙霧把所有人籠罩起來。

煙霧之中出現一道門。

晴空小侍郎推開門，和烏梅一起走進去。

門內是一間陰暗的屋子，桌椅、家具都蒙著灰塵，地上有破碎的碗盤。

牆角蹲著一個渾身顫抖的小孩。

「你怎麼了？」烏梅蹲下來看他。

小孩指了指烏梅背後，烏梅回頭，看見一個婦人，額頭上布滿青筋，黑眼圈上還留著淚痕。

「為了這個家，我已經很累了，為什麼你還要讓我傷心，」婦人指著小孩說：「逃學、打架，到處給我惹麻煩，叫你去買米，竟然給我買一個沒用的葫蘆回來！說！你把買米的錢花到哪裡去了？」

「那是有法力的葫蘆……」小孩說。

「還說謊！你乾脆跟你爸一樣，永遠不要回來算了！」婦人尖叫著。

小孩大哭了起來。

婦人衝過來，拎起小孩的耳朵，把他和葫蘆一起丟進一個黑漆漆的地窖裡。

「壞孩子，我永遠不想再見到你和你的大葫蘆！」婦人甩上地窖門，然後趴在桌上哭了起來。

屋外傳來孩子們的笑鬧聲：「壞小孩！笨小孩！把葫蘆當成寶貝買回來！誰要跟這種傻瓜一起玩。」

嘎吱、嘎吱……小孩把牙齒咬得嘎吱作響。「那我就當壞孩子好了，我要把你們全都關進葫蘆裡。」他咬牙切齒說。

晴空小侍郎和烏梅走進地窖裡，在小孩身邊坐下來。

烏梅拉起他的手，把他緊握的拳頭，一根手指、一根手指的扳開。

「放鬆。」

嘎吱……嘎吱……孩子還是緊緊咬著牙。

「你要不要喝一杯熱牛奶？」晴空小侍郎說。

「熱牛奶？」

「你沒看見嗎？在這裡。」小侍郎伸出手去，使出灶王爺的咒語。

孩子眼睛一亮，從他手中接過一杯熱牛奶，咕嚕咕嚕喝完，一股溫暖從心裡化開。

「好孩子。」烏梅摸著他頭髮。「放鬆，我要把你的心照亮了。」

烏梅旋轉手上的戒指，輕輕哼著老婆婆教她的咒語：

「解解解，解結戒，解開冤，解開結……」

好像一枚小太陽，解結戒緩緩亮了起來，放射出柔和明亮的光芒，把整個地窖都照亮。

小孩張大了眼睛，表情像是融化了似的，嘆了一口氣，整個人鬆軟的靠在地上，看著美麗的光芒四處流竄。

烏梅輕輕哼著小時候的歌：

「我的心是藍天，每一天都是上上籤，

我的心閃閃發亮，本來就吉祥。

就算走過最黑暗的地方，

我還是記得，

我是宇宙之王最純真的孩子。
可以在光明中飛翔……」

光芒從地窖裡流出，整個屋子裡都充滿光。
再也沒有陰暗的角落。
烏梅牽起孩子的手，走出地窖。
孩子的媽媽坐在椅子上，對她的孩子微微一笑，點點頭，然後就慢慢消失了。
「沒事了。」烏梅蹲下來拍拍小孩的肩膀。
「沒事了？」小孩抬起頭，掛著淚痕。
「沒事了。」
烏梅對他眨眨眼，然後，推開門，和小侍郎一起走出葫蘆鬼的心房。
煙霧慢慢的散去了。
葫蘆鬼坐在地上，把鬼面具摘下來。
是個眉清目秀的可愛孩子，淚痕還沒乾。
烏梅上前用袖子幫他擦擦臉。
「謝謝你。」孩子展開笑顏。
「要謝謝那位婆婆。」烏梅指了指旁邊。

老婆婆俏皮的眨眼。

「無奇庵的婆婆，你終於肯跟我玩了。」小孩跑過去拉著她的手。

「只要你肯幫我打掃廟門口的落葉，以後我就陪你玩。」老婆婆低頭慈祥的說。

「可是廟沒了。」小孩摸著後腦杓。

「我們出去再蓋一間。」老婆婆指著天空。

「好哇。」

老婆婆又吹起笛子，牽著孩子，飄了起來。

「那這裡就交給你們嘍，」老婆婆低頭說。「把整個葫蘆都照亮，讓大家都出去吧。」

「我們？行嗎？」烏梅抬頭。

「沒問題的，你們心裡的寶物，比我的還珍貴呢，你們應該多多把它唱出來。這給你。」老婆婆把霧笛輕輕拋給她。「聰明的女孩，你和這位好心腸的男孩一起，什麼也阻擋不了你們。」

老婆婆牽著孩子愈飛愈高，她輕盈優美的樣子，看起來一點都不像是老婆婆，簡直像是仙女。

一枚閃亮的小東西，從小孩身上掉下來，噹，落在烏梅腳邊。

「啊，我的鏡子。」小孩喊。

「那是？」老婆婆用眼睛問。

「是個鬼將軍給我的，他說只要我到千鶴寺去找到一個叫帝印的玩具，用那個鏡子通知他，他就會來跟我一起玩。」小孩惋惜了一下下，很快又開心起來。「可是現在我不需要它了。」

老婆婆和小孩飛出葫蘆口，消失了。

烏梅和晴空小侍郎蹲下來，看著腳邊的小銅鏡。

「小鏡子？好可愛喔。」

「你看，裡面好像有人耶。」

「眞的耶，好像是個穿官服的，眞好玩……」

25 鬼將軍聽令

皇宮的符咒實驗室裡，丞相大人皺著眉頭，看著小銅鏡裡兩個對著他傻笑的孩子。

「這兩個傢伙到底是？」

「貓耳朵女孩從來沒見過，男的是莫怪樓的新任小侍郎晴空。」

「哦？就是和桃樹老人大戰的晴空小侍郎？」

「正是。」

鬼將軍按下小銅鏡上的按鈕，把鬼葫蘆裡發生的事，倒帶給丞相大人看。

「兩個孩子加上一個不知名的老婆婆，就把那葫蘆鬼收伏了？」丞相不可置信的說：「你找來的這妖怪不是魔力排行榜第三名嗎？」

鬼將軍抓著後腦杓。

「唉，一點小事都辦不好。」

丞相從箭袋裡抽出一支小短箭。

鬼將軍發起抖來。

「別怕，我不會傷害你的。我還需要你幫我統領鬼大軍呢。」丞相拍拍鬼將軍肩膀。

「謝丞相！」

嚓！丞相把小短箭刺進鬼將軍肩頭。

鬼將軍痛得大吼一聲。

符咒實驗室裡的研究員們嚇得四處逃竄。

「丞相……」鬼將軍流下淚來。「這是我身上的第五支惡咒之箭了。」

丞相嘆了口氣。

「我知道這有點不舒服，但是這會大大加強你的魔力的。」丞相看著愈變愈高大、全身開始變形的鬼將軍，說道：「而且，比起眞正在受苦的人，你的這麼一點痛苦算什麼呢？我們的任務是要去救人，我們做的是好事，你應該高興才對。」

「大人，可不可以請你告訴我，我們要救的人，到底是誰？」鬼將軍哀號著。

「等我們到了地獄，你自然就知道了。」丞相把桌上那張古老的符咒小心翼翼收進小圓筒，放進懷裡。「只要你幫助我完成這個任務，我不但會幫你拔除所有的惡咒之箭，而且會親手把大晴國的皇帝寶座交給你。到時候你要把國號改爲大鬼國或大妖國，就都隨便你了。」
「大人此話當眞？」
「當然。唉，其實我對當皇帝一點興趣都沒有。」
丞相大人站在窗邊，看著窗外陽光和樹影。
「這樣的夏天，跟我小時候一模一樣啊。」他喃喃自語著。
一隻大甲蟲從樹梢飛下來，停在窗臺邊。
丞相看著牠，發著呆。
「再忍耐一會兒，我就去救你了……」他把甲蟲捧在手裡。「只要我拿到帝印，就去救你了……」
而鬼將軍沒有辦法說話，他已經變成一隻穿著盔甲的超級大猩猩。
丞相回頭，紅著眼睛盯著牠。
「看來要奪得帝印，必須我自己出馬了。出發吧。鬼將軍聽令！」
大猩猩跪了下來。
丞相大人踩著牠的膝蓋，攀著牠的盔甲，爬到牠的肩膀上，坐下來。
「火速前往千鶴寺！」
大猩猩大吼一聲，一拳把牆壁搥破，縱身跳上屋瓦，飛奔而去，在屋頂上東跳西跳，轉眼就跳出了皇城。

「怪……怪物……」

符咒實驗室的研究員們躲在桌子後面發抖。

桌底下傳出一聲咳嗽。

一個老爺爺從桌子底下探出頭來。

「不要怕。他們走遠了。」老爺爺笑咪咪說。

「啊！這裡也有怪物！」研究員們指著老爺爺大叫。

「沒禮貌。我只是長相比較奇怪一點而已。」老爺爺皺起眉頭。

「呵呵，只有一點嗎？」另外一個聲音從屋梁上傳來。屋梁上坐著一個黑衣黑臉人。

「啊！那裡也有怪物！」研究員們尖叫。

老爺爺抬頭看著黑衣人，睜大了眼睛。

「晴風？」

「哈哈哈，晴爺爺，真是好眼力，我怎麼喬裝打扮都瞞不過你的眼睛。」黑臉人輕快的跳下來。

「你怎麼也會在這裡？」晴爺爺歪著頭。「你不是被大蛤蟆吃進肚子裡，死了嗎？」

「我來救你的啊。」晴風小侍郎微笑著斜眼瞧他。「你不是也被吃了嗎？」

晴爺爺一拍後腦杓。「對呀！被吃了也死不了，只是會被傳送到丞相府來罷了。你看我這腦筋。哇哈哈……」

剛剛還陰森森的符咒實驗室，轉眼間充滿了歡樂的笑聲。

兩個人捧腹大笑完，又搶著告訴對方後來發生的事。

「晴爺爺，你是怎麼逃出地牢的？我是用穿牆術，你呢？」

「裝死。你記得有張『暫時停止呼吸符』嗎？他們要把我抬出去埋，我就趁機溜了。聰明吧？」

吱吱喳喳、吱吱喳喳……兩人聊個不停。

「什麼？莫怪樓被打出一個大洞？」

「別擔心，反正現在裡頭沒什麼鬼住了。」晴風說。「哈哈哈……」

兩個人又捧腹大笑。

符咒實驗室裡的研究員們面面相覷。

「喂，你們……可不可以先解釋一下，到底是什麼來歷？」

晴爺爺轉過身來，露出最凶狠的表情。

「你們沒猜錯，我們是怪物。就是人稱『黑風雙煞』的妖怪。」

「飛天遁地、茹毛飲血的大怪物，就是我們啦！」晴風補充道。

研究員們腿都軟了。

「好。」晴爺爺大喝一聲。「趁咱們爺倆暫時還不想吃人的時候，快從實招來，剛剛丞相手裡的那張符咒是什麼玩意兒？快說！」

「是……那是在集英殿地底下找到的古代符咒，破……破……破……」一位研究員結結巴巴說。

晴爺爺恢復慈祥的表情，按住他發抖的肩膀。「破什麼？」

「破地獄門。」那人從卷宗裡找出自己謄寫的副本。

「丞相這幾年來個性愈來愈奇怪，自從上次集英殿施工，在地底下找到這張符咒以後，丞相就變得更瘋狂了……」

晴爺爺把符咒副本上面的字，慢慢唸出來：

「發大悲心，人中之尊，持帝印，統帥天下鬼魔，破地獄門。」

這會兒輪到晴爺爺與晴風小侍郎面面相覷了。

「大悲心？什麼意思？人中之尊，就是皇帝嘍？」晴爺爺摸著鬍子。

「如果丞相奪取了皇位，加上鬼大軍，就只缺帝印了。」晴風說。

「只是……他要去地獄做什麼呢？」晴爺爺皺著眉頭。

研究員們圍著他們跪了下來。

「現在小皇帝已經被遊戲符控制，性命危在旦夕，丞相又召集了一支鬼大軍，埋伏在皇城外，就要發動攻擊。兩位妖怪大俠，神通廣大，求求你們發發慈悲，救救皇上，救救大晴國！」

晴爺爺抓抓頭。

「晴空小侍郎呢？」他一邊問晴風，一邊從右手袖子裡抽出傳聲符。

「那個臭男生先到千鶴寺去了。神算師交代的。」

「千鶴寺……」

晴爺爺從左手袖子裡抱出一隻小鴿子，輕輕在鴿子耳邊唱了一首歌，然後把傳聲符拴在鴿子腳上，想了想，又抽一張符咒，拴在鴿子另一腳。

他抱著鴿子走到破了一個大洞的牆邊。

「小鴿子啊，你能夠飛得比那隻大猩猩快嗎？」

啪啪啪啪……鴿子振翅飛向藍色的晴天。

26 終於自由了

千里之外，靜悄悄的千鶴寺裡，孤零零立著一個大葫蘆。

貓耳朵女孩和晴空小侍郎坐在葫蘆口，看著白色的雲朵從他們腳下飄過。

「你唱的歌眞好聽。」男孩說。

「我爹教我的。」女孩瞇著眼睛笑。

「我的心是藍天……」男孩哼著。「眞的嗎？爲什麼有時候我覺得心裡陰陰暗暗的。」

「那只是烏雲而已，會飄走的。雲後面是什麼？」

「藍天？」

「答對了！獎品糖果一顆。」烏梅喊，從口袋掏出糖果。

兩個孩子腮幫子含著糖，看著腳下的雲。

「那現在？」

「來吧，救人的時候到了！」烏梅扭開戒指的開關。
一道光束朝著鬼葫蘆深處射去。
「哎呀，光束不夠強，都被雲遮住了。」
「看來要從雲層下面照射才行……」
「那用霧笛吧。」烏梅把解結戒脫下來，戴在男孩手指上。「來，發光的部分由你負責，我來吹笛子。」
烏梅拿起笛子試了幾個音，音符一飄起，晴空就跟著飄了起來。
「我的心，我的心……」
烏梅輕輕試音，笛子自動伴奏。
男孩兩手在空中划呀划的，不太熟練的飛到雲層下方，不太熟練的扭開戒指的開關，不太熟練的唸出咒語……
唰！
光束從戒指射出，朝葫蘆深處飛去……
這時候在黑山上，綠袖掩正率領大隊人馬圍捕山豬神。
黑晝眉率領另一隊人馬，往美麗的小湖填土。

白頭翁來到河水的源頭，打開毒藥的瓶塞。
黃曆鳥牽著悲鳴的白馬，對著滿月拔出雪亮的匕首。
陰森森的大軍靜靜站在黑暗中。
山下的官兵則點起火把，發出歡呼，歡迎皇帝親自來到前線督軍。
山頂的大石頭上，悲傷的真命天子仰頭閉上眼睛。
唉，所有可怕的畫面又要再發生一次了。他想著。那些血、那些哀號、那些絕望的表情。
他想著、想著……
忽然亮了起來。
「我的心……我的心……」
一道光芒從他們頭頂籠罩下來，一切都亮了起來。
隱隱約約聽到歌唱的聲音。
「我的心是藍天，每一天都是上上籤，
我的心閃閃發亮，本來就吉祥。

就算走過最黑暗的地方，
我還是記得，
我是宇宙之王最純真的孩子，
我還是放鬆，
在光明中飛翔……」

明之道張開眼睛，黑山已經變成一片閃亮的透明大地。

那些回憶的幻象都消失了。

所有人都靜靜站著。醫卜星相、明之道、曾經死在這場大戰中的士兵鬼魂、白馬、大山豬、湖裡的水族……還有鬼皇帝。

他們面對面站著，表情好像剛喝過一杯熱巧克力似的。

他們好像又想起了快樂與平靜是什麼感覺。熟悉的感覺從心底浮現出來。那種清新的感覺，那麼清晰明亮，曾經很熟悉的，後來卻忘了。

鬼皇帝對著明之道說：

「你搶了我的王朝。我很想殺你，可是我現在心裡感覺很奇怪。」

他迷惑的歪著頭，微微皺眉頭。

「我竟然有點想原諒你……可是又無法忘記你所奪走的一切。」

「我得到你的一切，卻一點也不快樂。」明之道茫茫然說。
「是嗎？」
「是。我很後悔，因爲我，死了那麼多人。」
「我……我也很後悔。」
兩人又安靜下來。
「解解解，解結戒，解開冤，解開結……」
天上傳來的歌聲中融合著一個男孩的喃喃咒語，大家抬頭，瞇著眼睛，看著燦爛的光芒中，有個男孩在飛翔。
「是那個傻小子。」醫卜星相等人看著男孩投射在地上的巨大人影。「就是烏梅姑娘說是大人物的傻小子……」
「喂！大家出去吧，只是個葫蘆而已，一跳就可以跳出去的。」男孩低頭對他們喊。
所有被關在葫蘆裡的人和鬼都心頭一震，想起自己身在何處。
「我們出去吧。」明之道對醫卜星相點點頭。
他們彎下膝蓋，往上一跳。

咻！

「他們來了！」小侍郎向烏梅大喊。

醫卜星相等人劃空而過。

烏梅笑咪咪對他們揮揮手，看著他們飛出葫蘆。

「那我們也出去吧。」

「嗯，走吧！」

烏梅和晴空跟在他們身後，朝著葫蘆口一躍而出。

安靜的千鶴寺裡，一陣乒乒乓乓。

大家都跌坐在地上。

接著響起一陣拍翅膀的聲音。

烏梅抬起頭，看著千鶴寺內內外外，站著許多紅色的大鳥。

「這是？」

「鶴？」晴空歪著頭。

「火鶴。」明之道從地上緩緩站起來。「千鶴寺是古時仙人居住的聖地，所以自古以來都有仙鶴守護著，每天黃昏牠們會飛回來休息。」

「原來千鶴寺真的有鶴呀。」烏梅看著高大的美麗火鶴讚歎著。

地上的鬼葫蘆震動、搖晃著……又有人要跳出葫蘆來了。

穿著破爛龍袍的鬼皇帝從葫蘆裡爬出來，手裡握著一把短劍。

「不……」他喃喃自語說：「我不能就這樣算了。」

鬼皇帝把劍指向明之道。「……我不能原諒你！」

醫卜星相四人挺身圍住他們的主公。

「哼，殺不了你……」鬼皇帝把劍擱在鶴脖子上。「我就拿這些鶴來一消我心頭之恨。」

「住手！」

明之道撥開四位老臣，直直走向前去。

「我們傷害的人已經夠多了。」他把火鶴推開，把自己的胸口抵在鬼皇帝的劍尖上。「動手吧。」

鬼皇帝看著他的眼睛。

那明亮的光，又閃過心頭。

他舉起劍，猛力砍下。

「主公！」四位老臣大喊。

明之道抱著血流如注的右腿，跪了下來。

「罷了，就這樣一筆勾銷吧。」鬼皇帝朝窗外跳下，化成一股黑煙飄散了。

鬼葫蘆繼續搖晃著、搖晃著……

接著，所有被關在葫蘆裡的鬼怪，都像噴泉一樣一湧而出……白馬、魚蝦、螃蟹、山豬、蟒蛇、士兵、將軍……還有各種奇形怪狀的鬼怪，都迫不及待的從葫蘆裡躍出，朝著千鶴寺外的晚霞飛奔而去。

「終於自由了。」明之道抬起頭，看著燦爛的霞光說。

27 英雄出少女

大晴國東方，美麗的大河在夕陽下閃閃發光，河上晚歸的漁夫張大了眼睛，看著河邊的山巒裡，一座古老的高塔中，飛出一隊歡呼的鬼魂。

「萬歲！我們終於自由了！」它們飛舞著，呼喊著。

馬、牛、魚、鳥……大官、乞丐、劍客、女郎……皇帝、山豬、大蛇、烏龜……形形色色的鬼魂，好像皮影戲的隊伍一般，飛上天空消失。

「噢，看來我喝多了。」漁夫放下酒瓶，往岸邊溫暖的小屋划去。

而在那山巒中的千鶴寺裡，大晴國開國皇帝躺在血泊中，露出傻笑。

「主公，你難道不痛嗎？」神醫白頭翁忙著幫他止血上藥。

「他沒殺我。」明之道笑咪咪的說。

烏梅蹲下來看他。「真的只傷到腿嗎？」

「嗯，而且太貪丸手下留情，不然這條腿就不保了。」白頭翁點頭說。

「我是說，有沒有撞到頭？把腦筋撞壞什麼的？」烏梅看著不斷傻笑的明之道說。

「他沒殺我……他原諒我了。」明之道傻笑說：「我感覺他們都原諒我了。」

「眞的沒撞到頭嗎？」烏梅摸摸他額頭。

明之道握住她的手。

「烏梅姑娘，還有那位小俠，謝謝你們。是你們救我們出來的吧？」

「他叫晴空小侍郎。」烏梅把男孩拉過來介紹。

男孩簡單自我介紹一下。

「你們到底是怎麼做到的？」明之道問。

烏梅和晴空一搭一唱，如此這般，把事情經過說了一遍。

「眞是英雄出少年啊。」眾人聽完都嘆了一口氣。

「是少女吧！」烏梅哈哈大笑。

旁邊的鬼葫蘆又搖動起來。

「裡頭還有人嗎？」晴空往葫蘆裡看。

一個老太婆從葫蘆口冒出來。

她吃力的想爬出來，卻卡在葫蘆口。

「唉，人老了眞不中用。誰快來拉我一把。」老太婆嘆氣。

晴空伸出手去。

這個老太婆個子好小，不到半個人高，手也好小，手上還有尖爪。她抬起頭來……是個老鼠頭。

「啊。」烏梅看著老太婆，呆住了。

「啊。」老太婆看著烏梅，也呆住了。

「鼠巫婆？」

「尋梅公主？」

烏梅上前扶她，老太婆卻把她的手甩開。

「我不要自私的貓族來幫我。」

「自私？」晴空一邊扶她，一邊抗議。「她剛剛不顧自己安危，跑進葫蘆裡救大家出來耶。」

「葫蘆裡的歌聲是你唱的？」老太婆問。

烏梅點點頭。

「燈光照明的部分則是我負責的。」晴空鞠躬說。

老太婆愣了一愣，從葫蘆裡爬出來，背對著大家把衣服整理好。

「這位是令人尊敬的鼠國長老，女巫婆婆。」烏梅向大家介紹。

「鼠國？女巫？」四位老臣和明之道歪著頭。「她剛剛叫你……公主？」

「小女子是貓族公主。本名尋梅。小名烏梅。」烏梅鞠躬。「請多指教。」

「尋梅公主，你還活著？」鼠巫婆低聲說。

「托您的福，還有幾天壽命。」烏梅笑咪咪說。「不久就要滿十五歲了。」

「我也沒幾天好活了。」鼠巫婆淡淡的說。

烏梅露出驚訝的表情。

「鼠國發生了嚴重的瘟疫，為了尋找治療瘟疫的藥草，我千里迢迢來到大晴國，沒想到自己早已染上疫疾，我靠著法術撐著身體，最後終於還是發病了……」

鼠巫婆咳嗽著說：「放心，剛發病還不會傳染。」

鼠巫婆把烏梅的算命盒當作椅子，坐下來喃喃說：

「找不到藥草，還生病，更倒楣的是，還在荒郊野外遇見了傳說中的鬼葫蘆。這怪東西真是名不虛傳，把我困在傷心的回憶裡，難過死了。」

鼠巫婆抬眼看一下烏梅。

「謝謝你救我出來。」她說：「可是別以為這樣我就會原諒你們貓族。」

「你們之間有什麼深仇大恨嗎？」明之道好奇的爬起來問。

「主公別動，血又冒出來了。」白頭翁滿頭大汗。

「待會再向你們解釋。」烏梅回頭笑了一下。

「你呢？你怎麼會在這裡？」鼠巫婆又一陣咳嗽。

「我父親交代，要我十四歲這一年到大晴國來找他。沒想到我走錯路，跑到這千鶴寺來了。」

「千鶴寺？這裡就是千鶴寺？」鼠巫婆張大眼。「傳說中神醫白頭翁居住的地方？」

烏梅回頭對那個滿頭大汗的神醫笑說：「喂，你很有名耶。」

「你就是白頭翁？」鼠巫婆拄著拐杖走到白頭翁跟前。

「沒錯！」明之道掙扎著爬起來。「就是他沒錯！」

「主公，求求你，你別再動了！」白頭翁看著冒出來的血皺眉頭。

「請救救我的族人！」鼠女巫抱住白頭翁的腿。

「啊！」明之道尖叫。「你踩到我的腳了……」

啪啪啪……千鶴寺中的火鶴，嚇得紛紛飛走。

28 鼠巫婆的眼淚

本來幽幽靜靜的千鶴寺，現在亂成一團。

好不容易，神醫白頭翁終於把痛得昏過去的主公包紮完畢，坐下來喘口氣，然後把鼠國的瘟疫情況和症狀，向鼠巫婆問清楚。

聽完以後，白頭翁手托著臉頰沉思著。

「這麼嚴重的瘟疫，白先生有辦法嗎？」鼠巫婆擔心的搓著手。

「有辦法。不過，你必須找到一個願意爲你冒生命危險的人。」

「什麼意思？」

白頭翁把手背在背後踱步。

「如果能找到一個健康的年輕人，願意輸入你血中的瘟疫病毒，經過一個晚上，沒有發病的話，那麼他的血中就有了對疫病的抵抗力，用這樣的血漿來提煉，加入藥草，就可以製成治療瘟疫的特效藥。」

「健康的年輕人……」鼠巫婆環顧著四周。

「我。」晴空小侍郎舉手。

「你身上還有毒蟲殘留的毒素。」白頭翁搖搖頭。

「我。」烏梅走上前。

「烏梅姑娘也是身負重病之人。」白頭翁搖搖頭。

「不，那不是病，是詛咒。」烏梅說：「你看我這麼有精神，像是生病的人嗎？」

「詛咒？怎麼回事？」

「沒什麼。只是運氣不好而已。」烏梅看著窗外的夕陽。「要怎麼輸入病毒？快點快點，現在就進行吧，時間不早了，我明天就要動身去找我爸了。」

鼠巫婆靜靜看著她。

「那只好如此了，不過，」白頭翁嚴肅的說：「烏梅姑娘，理論上，貓鼠不同種族，所以發病的機會比較小，可是你要有心理準備，還是有發病的可能性。」

烏梅點頭。「好啦，快點，我肚子好餓。」

白頭翁點點頭，請其他三位老臣先把主公抬上樓去休息，然後拿了些奇怪的細針和玻璃管，從鼠巫婆的手臂抽了一些血。

「烏梅姑娘請挽起袖子。」

烏梅挽起袖子，手臂上長滿了可怕的黑斑。

大家都呆住了。
「你病得這麼重……」
「不，這不是病，這是詛咒、詛咒！」烏梅還是笑咪咪：「放心。」
白頭翁愣了一愣。「好吧。」
細針扎進烏梅的手臂，烏梅皺起眉頭。
鼠巫婆的血流進了烏梅的手臂。
烏梅突然全身顫抖。
「發……發病了……」白頭翁額頭留下汗水。
「不，是詛咒的力量，每天都會在黃昏這時候發作。」烏梅咬著牙，靠在牆邊坐下來。「一天會發作好幾次的，我習慣了。」
鼠巫婆靜靜看著她。
「鼠婆婆，你放心，我明天早上就可以給你健康的血液。」烏梅小聲說：「放心。」
晴空小侍郎在她身邊急得團團轉。「烏梅，我可以幫什麼忙？」
「去我的背包裡拿糖果給我。」
烏梅把糖塞在嘴裡，整個人在牆角蜷成一團，不停的發抖。
「這到底是什麼詛咒？」白頭翁抓著他的白頭髮。

「放心……」烏梅氣如懸絲。「暫時別管我。我不會讓你們失望的。」

鼠巫婆靜靜看著她。

「白先生……」鼠巫婆說：「你有沒有小瓶子？」

「小瓶子？要做什麼？」白頭翁回頭。

「別問那麼多，快去拿。」鼠巫婆聲音裡有一種驚人的威嚴。

白頭翁慢慢走上樓。

「快！」鼠巫婆大喊。

「是！」白頭翁飛奔上樓，拿了一個小水晶瓶下來，遞給鼠巫婆。

巫婆把小瓶子擱在眼睛下。一滴淚水滑落……滴在瓶子裡。

「這就是詛咒的解藥。」鼠巫婆面無表情的說。

29 你就是我們的星星

千鶴寺的高樓上，眾人把烏梅扶到觀星師的房間臥榻上休息。

「解藥？」白頭翁盯著水晶瓶裡的那滴淚水。

鼠婆婆把多年前貓島上的那一場恩怨淡淡說了一遍。

「原來如此，所以這就是？」白頭翁指著水晶瓶。

「解藥。」

「只有一滴？」

鼠婆婆點點頭。「乾掉了就沒了。」

白頭翁趕緊把瓶蓋蓋起來。

烏梅掙扎著坐起來。「可是我們有四姊妹……」

「只要你們聚在一起，手牽手，任何一位喝下它，詛咒就都解開了。」鼠巫婆伸著懶腰說：「從此以後你們就可以長命百歲，過著幸福快樂的生活啦。」

「你不能多流幾滴嗎？」黃曆鳥一邊研究著他的觀星鏡，一邊說。

「哭不出來了。」鼠婆婆聳聳肩。「別以爲我那麼容易受感動。我是出了名的鐵石心腸。」

「這樣就夠了。謝謝婆婆。」烏梅臉色慘白的說，然後看著晴空。「我們明天一早就趕回莫怪樓好不好？去告訴爸爸和妹妹們這個好消息。」

晴空小侍郎卻不發一語，低下頭去。

「怎麼了？」

「烏梅，我暫時還不回莫怪樓。」

「不回莫怪樓？」

晴空咬咬嘴唇。「我必須趕快去京城，尋找晴爺爺的下落……」

烏梅愣了一下。

「啊，那沒關係。」她堆起滿臉笑容說：「你只要告訴我路怎麼走就好了。」

她充滿希望看著窗外。

「我的小船還在河邊等我呢，可惜今晚還不能出發，不然我最喜歡睡在小船上

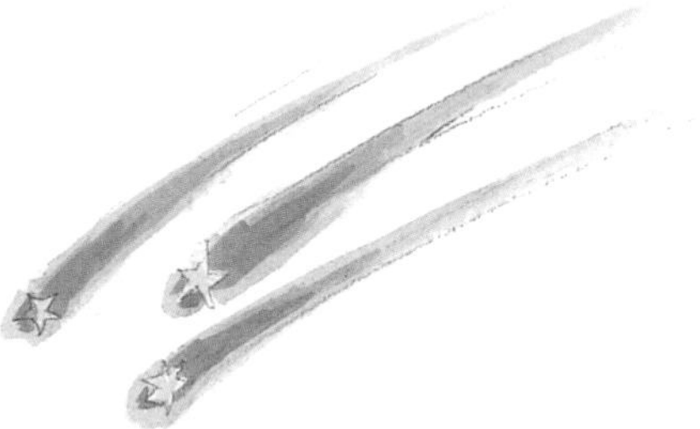

了，躺著看天上的星星，好美喔。」
醫卜星相四位老人，都嘆著氣低下頭來。
「咦，你們怎麼了？」
「烏梅姑娘，你就是我們的星星啊。」黃曆烏蒼老的聲音說。
他把一顆彈珠放進觀星鏡裡。
一陣清脆的銀鈴聲響起，彈珠球迸出光芒……
鼠巫婆嚇得從椅子上跌下來。
大晴國的星空地圖再度出現了。
「哇，好美啊！」烏梅跳下床來，走進星空中。

觀星師黃老先生簡單介紹了星圖和人間的對應關係。
「這裡是京城……這裡就是千鶴寺……」
「千鶴寺好亮！」烏梅瞇起眼睛。
「那是因爲你的關係呀。」黃曆烏看著她。「超級幸運星。」
烏梅歪著頭。「哈，你們還不死心。」
「不，我仔細觀察過了，這顆幸運星的星光，完全隨著你的心情起伏而變化。你身上的詛咒一發作，它就暗了下來，你一高興，它又亮了一些。」觀星師說。「不是你，是誰呢？」

「而且，如果不是你，我們現在還困在黑暗的葫蘆裡。」綠袖掩說。

「你不但從葫蘆裡救了我們，也把我們從痛苦的回憶裡救了出來。」這是明之道的聲音，他躺在另一張臥榻上。

「我本來以為沒救了呢。」黑畫眉笑說。

「幸好有你在，實在是太幸運了。」黃曆鳥說。

「看來他們咬定是我了。」烏梅苦笑著看著晴空。

「如果你能留下來，我們就有一絲希望，對抗即將到來的暗紅煞星。」

「煞星？」

黃曆鳥指著星圖中一顆燃燒的星星。

「本來在京城的煞星，正朝著千鶴寺的方向前進，速度飛快。」

「什麼時候會到？」

「照這速度……明天中午。」

「旁邊有個小星星跑得更快喔！」晴空蹲下來，指著一個迷你星點。「也是朝這裡來，已經快到了……」

「啊！」黃曆鳥大吃一驚。「我太大意了……」

「好快的速度！」明之道也緊張起來。

「敵人轉眼就到，大家備戰！」

醫卜星相紛紛拔出刀劍，奔向陽臺，看著地平線上出現一個小白點，轉眼就飛到眼前。

「保護主公！」

咻！

一道白光射進屋中，急煞車，停在桌子上，啪啪啪，拍拍翅膀。

是一隻累得快喘不過氣來的鴿子。

30 大晴國帝印的力量

晴空看著鴿子腳上的傳聲符，歡呼起來。

「是晴爺爺的鴿子！」

鴿子甩甩腳，把拴在另一腳的符咒甩在地上。

黃曆鳥撿起來看。

「風馳電掣符……」

鴿子看起來眞是累壞了，大家手忙腳亂的給牠搧風、餵食、喝水。休息了好一陣子，小白鴿才清清喉嚨，開始轉圈圈，唱了起來：

「嘿嘿嘿！嘻嘻嘻！千鶴寺，請注意，
瘋狂范丞相，正朝你而去，大猩猩，當坐騎，
身高十幾丈，力氣大無比，爲奪皇帝印，一日行千里，

帝印若被奪，地獄門將破，腥風又血雨，信不信由你，
若問我是誰，怎知此祕密？潛伏宮廷中，微臣晴時雨。」

「這傢伙還眞喜歡作打油詩。」綠袖掩兩手縮進袖子裡。
「范丞相？大猩猩？」黑畫眉摸著眉毛。
「地獄門？奪帝印？」白頭翁歪著頭。
「鬼葫蘆來到千鶴寺也是爲了帝印……」明之道坐著沉吟。「看來此事不假。」

小白鴿喘了兩口氣，又接著廣播：

「晴空小侍郎，晴空小侍郎，你在那裡嗎？聽到的話，請儘速前往京城會合，小皇帝危在旦夕，鬼大軍即將攻打皇城，光靠我和晴風，可能有點吃力，我們急需幫手，再說一遍，急需幫手。如果你遇見了什麼好幫手，就儘量帶來吧。這裡有一場硬仗要打。完畢。」

小鴿子唱完，蹲下來休息。
醫卜星相聽了臉色慘白。
「晴風是誰？」明之道問。

「是個很野的女孩。」再次聽到晴爺爺的聲音，晴空好開心。

「他們靠得住嗎？」

「嗯。他們超強的。」晴空想起晴爺爺的法術和晴風的身手。「不過要對抗的是鬼大軍，難怪急著要我帶幫手去助陣。」

「幫手……」明之道默默看著自己染紅了繃帶的腳。醫卜星相也低下頭。

「我應該會是個好幫手吧。」烏梅看著窗外。

「是呀，如果不是急著要去找你爹的話。」晴空說。

「是呀。」

「眞可惜。」晴空也看著窗外。

「不過，你們好像眞的遇到大麻煩了耶。」烏梅喃喃說。

「是呀。」

烏梅看著晴空，晴空也看著烏梅。

兩人又看著窗外。

月亮出來了。

「你還是別管我們了，快帶著解藥去找你父親吧。」晴空說。

烏梅看著窗外發呆。

滿天的星星好亮。

「嗯。他說得對，快去找你爹吧。」這是明之道的聲音。「雖然你是我們的幸運星，但是我們實在沒有理由要你丟開自己和家人的生命安危不管，硬要把你留下來。」

微風徐徐吹來，好清爽。

「不過，明天早上，當你要離開的時候，可以幫我們一個忙嗎？」

「嗯？」

「幫我們把帝印帶走。」

明之道請黃先生捧來一塊用絲綢包裹的碧綠印章。

「好美……」烏梅的眼睛被吸引住了。

「還記得我告訴過你，我把皇位讓給了我的孩兒的故事嗎？」

「嗯。」

「當時我留下國璽，卻帶走了帝印，就是擔心會有像今天這樣的事情發生。國璽是處理國事的大印，帝印是皇位的象徵。我本來打算在皇兒十八歲那年，再把帝印交給他，在這之前，由丞相輔佐他處理國政。」

明之道沉思了一會，又繼續說。

「丞相本名范不想，武功很高，個性很好，本來是個值得信賴的好人。我不知道他到底發生什麼事……如果他就是那暗紅煞星，如果他真能駕馭那麼可怕的妖怪，如果他眞要來搶奪帝印，那麼這幾位老先生和我這位跛腳傷患，恐怕不是對手。所以……」

他把帝印交到烏梅手上。「請你保護它。」

烏梅張大眼睛，盯著手上美麗的印章。「我很容易打破東西的，沒關係嗎？」

「呃……姑娘請小心。」

「好吧，如果你們這麼相信我……不過，不是我要潑你們冷水，你們沒注意到嗎？」烏梅把印章抬起來給大家看。「這印章上面沒刻字耶。」

「沒錯，要自己刻。」明之道表情很認眞。

「您眞風趣。」烏梅笑了。

「是眞的。」

明之道按一下印章頂端，印章的平面上就微微發光，指尖劃過的地方會留下印痕。他在印章上寫下「遠走」兩個字，然後蓋在一張白紙上。

紙上出現「高飛」兩個字。

「咦？」烏梅和晴空眼睛張得好大。

「好玩吧？」明之道露出調皮的微笑。

「主公，這不是玩具……」黃先生拱手說。

明之道咳嗽一聲，擺起正經的臉孔。「這是個很有個性的印章，它印出來的不

是你刻上去的字，而是你心裡沒說出來的下半句話。而且，如果你專注力夠強的話……」

印著「高飛」兩個字的白紙浮起來，拍著翅膀從窗戶飛出去。

「……還會成眞。」

明之道驕傲的抬起下巴。「這就是大晴國皇帝大印的力量。」

31 當太陽和星星在一起

印著「高飛」兩個字的白紙，眞的飛走了。

「這力量有沒有時間限制？」晴空小侍郎看著飛出去的紙片問。

「法力是不會消失的，除非字跡被抹掉。」

「眞棒。」晴空羨慕的說。

「不過，」明之道很有威嚴的說：「我很少使用它。我們不應該濫用帝印的力量。」

「主公是因爲認識的字不多所以才很少用吧？」白頭翁笑咪咪說。

「現在不是開玩笑的時候。」明之道看著天花板，把手背在背後。「烏梅姑娘如果願意承擔保管帝印之責，還有一件事，請您務必接受。」

「什麼事？」

「黃先生，準備聖旨。」

黃曆鳥攤開一張綢緞，提起筆。明之道大聲說道：

「太上聖皇有令！特任貓族公主尋梅（小名烏梅）爲幸運星節度使，身負守衛大晴帝印重任，緊急時可徵調各營軍力、各地兵馬，各軍鎮節度使見此令者，不得違抗，知不知道？」

「主公，最後一句會不會太孩子氣？」

「沒關係。」

黃曆鳥寫好，明之道在帝印上刻下「明」字，蓋在聖旨最後面，印出來的卻是「之道」兩字。

「烏梅公主，」明之道把聖旨用精美的絲帶紮起來。「我知道您貴爲公主，讓你當一個小小四品官的節度使，是太委屈了。但是爲了守護帝印、守護大晴、守護天下蒼生、守護……」

「可以換個名字嗎？」

「什麼？」

「幸運星聽起來好傻氣。一點威嚴都沒有。」

「呃……我不太擅長取名字……」明之道搔著頭。

「既然是由主公直接冊封，不如就以『明』爲姓，稱爲明星。」黃曆鳥提議。

「明星節度使？」烏梅笑咪咪說：「聽起來好多了。晴空小侍郎，你覺得怎麼樣？」

「這名字，好像在哪裡聽過。」晴空歪著頭。

「大膽！」烏梅大喝一聲：「本官乃是欽命大臣明星節度使，還不跪下！」

大家奇怪的看著她。

「戲裡面不都是這樣演的嗎？」烏梅笑說。

「啊！我想起來了！」晴空大喊。

「想起什麼？」

「我想起來了，在我離開莫怪樓的那天早上，在神算師的房間裡，當我正要離開的時候，他在沙盆裡寫了一首詩……」

晴空回想著，把詩唸出來：

「日照四聖地，
星曜節度使，
八方集英殿，
百花左衛門。」

「這是……」烏梅愣住了。

「日、星、八、百。」綠袖掩目瞪口呆。「今天早上你抽到的那四支籤。」

「爸爸什麼都知道。」烏梅眼角泛著淚光。

「他有沒有解釋，這是什麼意思？」綠袖掩問。

「他說，這是我這次旅程的寫照。」晴空回答：「他還說，如果太陽和星星能夠會合在一起，就能夠消除大晴國的黑暗。」

「太陽和星星……」綠袖掩托著下巴。「如果晴空是太陽……」

「星星呢？」

大家看著烏梅。

烏梅看著窗外，想了想，然後扳著手指頭。

「你在做什麼？」

「我在算距離我的十五歲生日，還有幾天。」烏梅說。

「你的意思是？」晴空問。

「時間應該還夠，那就讓太陽和星星一起出發吧。」她伸了個懶腰。「你有個好幫手了，晴空。明天，我和你一起去京城。」

「可是，如果來不及在生日以前回到莫怪樓……」

「既然爸爸都這樣說了，我有預感，一切都會很順利的。不信你看。」烏梅拉開算命盒的小抽屜問：「算命盒啊，我此行一定是一切順利，對不對？」

抽屜裡走出一個小人兒，舉起畫著叉叉的圓牌。

「好像不妙。」晴空指著小人兒。

「別理它。」烏梅把算命盒蓋起來，看著窗外的滿天星辰，用小聲得不能再小聲的聲音對自己說：「……但行好事，莫問前程。」

32

千鶴齊禮尊足前

第二天清晨，一切都靜靜的。

又安靜，又美麗。

屋簷上的水珠、池塘裡的蓮葉、紙窗上的皺紋……

一切都靜靜的。

竹簾、石階、木門、花瓶、宮燈……

一切都靜靜的。

美麗的壁畫、厚重的書櫥、彩繪的杯盞、閃亮的燭臺……

一切都……

「哇！睡得眞好！」明之道從床上坐起來，驚奇的大喊：「我竟然沒有做惡夢！這麼多年來，第一次睡得這麼熟！」

一切都很美好。

太陽慢慢往上爬，充滿朝氣的光輝在美麗的屋簷上閃爍。

千鶴寺的樓頂，是火鶴棲息的露天花園，醫卜星相四大臣聚集在這裡，爲烏梅和晴空送行。

當大晴國開國皇帝，一跛一跛走進花園時，所有的火鶴都縮起一隻腳來。

「這是怎麼回事？」大家議論紛紛。

「鶴本來就常常縮著一隻腳。」晴空說。

「不，從來沒見過。」其他人搖頭。

火鶴們微微低下頭。

「看來，牠們是爲了感謝主公昨天犧牲一腳的救命之恩。」綠先生說。

明之道點頭向火鶴們回禮，拍拍牠們的背。

「這一趟旅途，要麻煩你們了。」

烏梅站在一邊，全身發抖。

「你怎麼了，又不舒服了嗎？」晴空關心的問。

「不，」烏梅眼睛發亮。「是一想到要騎鶴，我就興奮得發抖。」

黑先生拍拍晴空的肩膀。

「小侍郎，你不害怕吧？」

「嗯。反正我騎過大蜘蛛，也騎過大蛤蟆。」晴空笑著說。

「太好了，操縱方法很簡單的。」

黑先生把駕馭火鶴的方法告訴晴空。

「這些火鶴很可靠，我常常騎去買醬油什麼的，從來沒出事過。」綠先生補充。

「從這裡向北直飛一整天，然後再轉向西邊，就可以避開暗紅煞星，到達京城。」黃先生把辨別方位的方法教他們。

「謝謝，你們也快離開這裡避禍吧。」晴空說。

醫卜星相微笑著搖搖頭。

「主公傷成這樣，難以行動。不過，我們自有妙計，你們不用擔心。」

鼠巫婆拄著拐杖走上前，握著烏梅的手。

「謝謝你。」

「我的血有用嗎？」

鼠巫婆點頭。

「白先生已經開始煉藥，我一拿到藥就回國。等第一批人康復，就有更多健康的血，可以救更多人。尋梅公主，謝謝你救了整個鼠國。」

鼠巫婆眼眶紅了。

「快！快拿瓶子來！」白先生大喊。

「呃……又沒感覺了。」鼠巫婆低頭說：「真抱歉。」

「眞可惜。」烏梅把小水晶瓶串在項鍊上，掛好。

晴空從口袋裡捧出小綠蛙。「女巫婆婆，牠中了一種奇怪的咒術，一不小心，就會變成超級大蛤蟆……你可不可以看看，有沒有辦法救救牠？」

小綠蛙跳進鼠婆婆的懷裡。

「我們很投緣呢！」鼠婆婆大笑起來。「交給我吧，沒問題的，詛咒這門學問是我的專長呢。」

晴空用指尖輕輕摸了摸小綠蛙的頭。

「再見了，大家。」他和烏梅向大家鞠躬。

然後，晴空和烏梅交換了一個眼神。

「我準備好了。」烏梅一個翻身，就跳到一隻比人還高的火鶴背上。

「麻煩你坐後面一點。」

「喔。」烏梅往後挪一挪。

晴空小侍郎也騎到火鶴背上。

烏梅緊緊抱住他的腰。

「出發了？」

「出發！」烏梅大喊。

火鶴張開翅膀……好大的翅膀！

呼！

大鶴飛了起來。

「啊！」烏梅尖叫。

晴空小侍郎小心的駕著火鶴繞著千鶴寺飛了一圈。

「沒問題吧？」醫卜星相緊張得直搓手。

晴空小侍郎向他們比了個ＯＫ的手勢。

「那是什麼意思？」醫卜星相面面相覷。

「我猜是一種手印。」黑畫眉說。

「既然他法力這麼高強，我就放心多了。」明之道向那兩個騎鶴小飛俠喊著：

「大晴國的命運，就拜託你們了！」

「啊……」烏梅尖叫個不停。

「看來，還是不能讓人放心。」明之道搖搖頭。

啪啪啪……花園裡的所有火鶴都飛了起來，追隨帶頭的火鶴繞著千鶴寺飛翔。

晴空小侍郎向大家揮揮手，輕輕拍拍鶴脖子，駕駛火鶴轉向。

一群火鶴離開千鶴寺，向遠方飛去。

33 自在的飛翔

萬里無雲。

一群優雅的火鶴飛翔在晴空下，牠們的影子投射在草原上、山巒上，越過森林，穿越稻田。

晴空小侍郎騎著火鶴，載著烏梅，看著大晴國美麗的山河。

「我的心是藍天，每天都是上上籤，我的心閃閃發光，自在飛翔……」

晴空微笑回頭。「不怕了？」

「不怕了。」烏梅說。「我唱歌會不會吵到你？」

「我喜歡聽。可是怎麼每次歌詞都不太一樣？」晴空說。

「歌詞為什麼要一樣？」

「不一樣的話，我就學不會了啊。」

「幹麼學我，你可以唱自己的歌啊。」

「我不會。」

「試試看嘛。」烏梅給他搔癢。

晴空笑得差點跌下去。「這樣很危險耶。」

「你唱唱看。」

晴空想了想，小聲哼著：「我的心是幸運星，永遠亮晶晶，爲了讓你開心，大放光明……」

「很厲害嘛！很會押韻。」烏梅眞心誠意的說。

柔柔的白雲飄來了。

「我們飛進雲裡試試看好不好？」烏梅興奮的說。

火鶴一隻隻鑽進雲裡，又鑽出來。

烏梅大笑。

「好好玩。」

「好像吃棉花糖。」晴空說。

「棉花糖？」

「是未來世界的點心，我是從未來世界來的。」

「別說傻話。」

「是眞的。」

「好吧。」

「好吧什麼？」

「好吧，我相信你，未來小子。」

「這麼簡單就相信了？」

「有什麼關係，從哪裡來的、是不是開國皇帝，這些有什麼重要。」

「那什麼才重要？」

烏梅沒有回答，她閉著眼睛，享受陽光和吹過臉頰的風。

晴空也閉起眼睛。

感覺好像自己和天空、大地合成一體。

飛行了好一會兒，千鶴寺已經遠遠被拋在後面，看不見了。

「烏梅。」

「嗯？」

「你和我想著一樣的事嗎？」

「我猜是吧。」

「我們不能不管他們。」

「沒錯。」

「如果壞人到了千鶴寺，找不到帝印……」

「那幾個老衲就遭殃了。」

「我們去攔截？」

「超級大猩猩耶……你有辦法對付嗎？」

「還沒想清楚，可是……」

「該做的事就要做。」

「嗯……無奇庵的老婆婆說的。」

「那就去吧。」

晴空輕輕拍拍火鶴的脖子，火鶴傾斜翅膀，整群火鶴都跟著向西邊轉向。

向西飛不久，就遇見一座大山。

「方向對嗎？」晴空問。

烏梅看看太陽的方位。

「沒錯，現在沿著山壁飛，就是暗紅煞星的方向。」

火鶴群沿著山腰慢慢飛行。

「你看！」

前面的樹林裡有動靜，一大片樹枝搖晃個不停，好像樹林裡有個龐然大物，不停前進。

「來了嗎？大猩猩？」

從樹林裡衝出來的，是一隻紅色大蜈蚣。

「好大的蜈蚣！」烏梅驚叫。

大蜈蚣背上，坐著一個綠面書生。

「啊，我認識他們！」晴空喊。

「不會吧？」烏梅圓睜大眼。

「沒錯，飛低一點。」

坐在大蜈蚣身上的綠面書生，抬頭看著一群火鶴低飛而來，帶頭的火鶴背上騎著兩個孩子，第一個是男孩，看起來好面熟。

「晴空小侍郎？」

「嗨！唐郎！」男孩興奮的向他揮手。「嗨！吳公！」

「別嗨了，快逃吧！」綠面書生一臉驚恐的喊。

晴空愣了一下。

大蜈蚣背後的樹林裡，衝出一隻穿著盔甲，大吼大叫的大猩猩。

34

丞相大戰小侍郎

「快爬升！」

晴空兩腿一夾，火鶴仰頭上升，高飛而起。

從樹林裡衝出來的大猩猩，縱身一躍，跳得好高，伸長了手一撈，幾乎抓住了火鶴的腳。

晴空低頭看，嚇出一身冷汗。

在他和大猩猩距離最近的那一刻，可以看見猩猩肩膀上，坐著一個穿著官服的人，他用布滿血絲的眼睛盯著晴空和烏梅，眼神裡充滿狂野和憂傷。

「那就是丞相？」烏梅問。

大猩猩落地，看著火鶴繞著牠飛翔，丞相舉起手，從袖子裡射出一支短箭。

咻。短箭掠過晴空臉頰。

火鶴嚇了一跳，一個翻滾，把烏梅和晴空甩下背來。

「啊！」兩人尖叫著往下掉。
紅色大蜈蚣飛奔而來，牠抬起上半身，高高立起，讓烏梅和晴空順著牠光滑的背甲，像溜滑梯一樣溜下來。
砰！砰！兩個孩子摔在地上，屁股好痛。
「哎唷……」烏梅掙扎著爬起來。「謝謝你呀。」
「這位姑娘是？」綠面書生好奇的問。
「沒空介紹了。」晴空指著面前狂奔而來的大猩猩說。
大猩猩一把抱起大蜈蚣，丟進樹林裡。
轟。看來摔得很慘。
「可惡！我跟你拚了！」綠面書生搖身一變，變成一隻巨大的螳螂，揮舞著鐮刀，衝了過去。
唰！大鐮刀在猩猩胸口的盔甲上，砍出一道裂痕。
大猩猩一個箭步閃到螳螂背後，勒住牠脖子。
「呃……小侍郎……幫幫忙……」螳螂呻吟著。
「等等，我正在想……用什麼武器好呢？」晴空手握幻影劍，著急的想著押韻的詩句。
「你的閃電劍不是很厲害嗎……」螳螂快沒氣了。

「同一種武器只能用一次。」
「換……換個名字……」
「那麼……」晴空小侍郎大喊：

「唐郎快沒命，
腦袋還很靈，
既然沒閃電，
就給我雷霆！」

轟！好像瓦斯爐冒出的火舌，雷霆萬鈞的紅色火焰從劍柄冒出來。
男孩手握雷霆刀，走到大猩猩面前。
自從上次面對桃樹老人，已經好久沒碰過這麼高大的怪物了。
「放開他，不然我就要燒你的尾巴嘍。」男孩想把話說得狠一點，但是沒辦法。
「晴空，別怕他！」烏梅在後面加油。
「這兩個野孩子，不就是在鬼葫蘆裡搗蛋的那兩個傢伙嗎？」丞相低聲說。
大猩猩點點頭。
「別再讓他們搗蛋下去了。」丞相說。

大猩猩推開螳螂，一腳把牠踢進樹林裡，然後大步向前。

「站住！」晴空把雷霆刀用力一揮，伴隨著雷聲，一股利刃似的火焰往前飛去，落在猩猩面前。

大猩猩跳過火焰，繼續向前。

「不要再過來了！」又一股火焰利刃飛去。

大猩猩舉起雙手一擋，手腕上的盔甲紛紛燒焦碎裂，牠大吃一驚，往後倒退好幾步。

「萬歲！晴空你好棒！」烏梅鼓掌。「不過要小心，一分鐘快到了。」

「噓！別說出來。」晴空回頭喊。

咻。雷霆刀熄滅了。

「原來如此。」丞相哈哈大笑。

晴空小侍郎一步步後退，回到烏梅身邊。

「我有幾個點子，不曉得行得通行不通……可不可以跟你借一下帝印？」

「嗯，不過可別讓他看到。」烏梅毫不猶豫的從背包裡拿出帝印來。

晴空按一下帝印的開關，集中精神，在印章上用指尖寫下「無事」兩個字，然後蓋在自己手臂上。手臂上出現「一身輕」三個字。

當大猩猩撲到他面前時，他輕輕一跳，就輕飄飄跳上了大猩猩左肩上。

「嗨！」他向右肩上的丞相大人打招呼。
丞相嚇了一大跳，沒見過輕功這麼好的孩子。
晴空小侍郎快速在印章上刻下「呼呼」兩個字，蓋在大猩猩肩上。肩膀上印著「大睡」兩個字的猩猩，跪了下來，垂下眼皮，倒在地上，睡著了。
「你是怎麼辦到的？」丞相摔倒在地上，又驚又恐。
「這原理我也不是很清楚。」晴空聳聳肩。
「可惡！」丞相舉起手來。
咻！又一枚短箭飛出，晴空急忙轉身。
「好痛。」披風救了他一命。
所有學過的成語像五彩繽紛的彩帶，從心中飄過。他選了一個。
他在帝印刻上「心花」兩個字，蓋在胸膛。
咻、咻、咻咻咻……五枚短箭一齊射來，晴空頭一歪，腳一抬，下巴一仰，全都躲開了。「哇，連同音字都有用耶。」男孩看著胸口「朵朵開」三個字。
喀、喀。丞相扳著袖箭的開關，但是袖子裡已經空了。
他衝上前來，一把抓住男孩的領口，掄起拳頭。
晴空輕輕把刻著「貴人」兩個字的帝印，蓋在丞相的手臂上。丞相張大了眼睛，接著奇怪的看著自己緊握的拳頭。「我……我這是要做什麼？」
他什麼都忘了。

35 打不開的那扇門

呼呼大睡的大猩猩旁，丞相茫茫然看著小侍郎。

「你是誰？」

「別怕。」小侍郎輕輕把心房符貼在他胸前。

一陣煙霧海浪似的席捲過來，將他們兩人籠罩起來。

大霧中，有一扇門。

晴空小侍郎推開門。

好可怕的房間。

陰沉沉的空氣裡，有一股魚腥味。牆壁上黑漆漆的，有幾個血手印，桌椅東倒西歪，地上黏黏的。

一個穿著丞相官服的小孩子趴在桌上哭泣。

「丞相大人……怎麼了？」

孩子抬起頭來，滿臉淚痕。

「我救不了她……」他咬著嘴唇，啜泣著說。

「誰？」晴空問。

屋內的深處傳來呻吟聲。

那裡好陰暗，晴空走上前去，遇上一扇鐵門。

堅固的鐵門牢牢鑲在牆上。門上有許多撞擊的痕跡和血手印。

呻吟聲就是從門內傳來的。

門上有一個像信箱開口的小方窗。晴空小侍郎踮起腳尖，從小窗裡看到一幅悽慘的景象。

那是一個老婦人，有著大甲蟲的身體，像標本一樣被釘在地上，無數的昆蟲包圍著她。

「救我……」她有氣無力的呻吟著。「孩子，救我。」

一陣心酸，晴空小侍郎幾乎要流下淚來。

他用力敲門、扳門，手都快破了，門卻紋風不動。

他現在知道門上的血印是怎麼來的了。

「那是我媽媽。」趴在桌前，穿著丞相官服的小孩抬起頭說。

晴空小侍郎走回小孩身邊陪伴他，他想唱歌給他聽，但是傷心的感覺讓他喉嚨好像被勒住似的，什麼也唱不出來。

他只能靜靜的旋轉解結戒，放出光芒。

「解解解，解結戒，解開冤，解開結……」

烏梅也推門走進來。

她靜靜繞著屋子走了一圈，看到了鐵門內地獄一般的景象，然後靜靜坐在晴空小侍郎身邊。

解結戒的光芒愈來愈亮，好像在屋裡點燃起一個小太陽，亮得那哭泣的小孩也瞇起眼睛，早已遺忘的感覺從心底深處再度升起。

希望和溫暖。

「我的心，就是光，就算走過黑暗的長廊，我也永不放棄希望……」

烏梅輕輕唱著。

光芒在屋裡流蕩，把牆壁洗得雪白，把桌椅重新排好，把地面沖洗乾淨，煥然如新。就連那哭泣的小孩陰沉的臉上也浮現光彩。
但是那光彩轉瞬即逝，因為解結戒的光芒再強，也照不進鐵門內。
只要一想起母親，小孩就低下頭來。
「不管怎樣，我都要把她從地獄救出來。」他咬緊牙根說。
屋裡又暗下來一些。
「我們只能做到這樣了。」烏梅看著晴空。
他們蹲下來，給那哭泣的孩子一個擁抱，然後走出他的心房。
雲霧散去。
丞相大人呆呆的坐在地上。大猩猩還在打鼾。
「你們……」丞相大人臉上有淡淡的淚痕。「做了什麼？」
他低下頭，看著手臂上「多忘事」三個字。「這又是什麼？」
他把字跡抹掉，恍然大悟。
「帝印！帝印怎麼會在你們身上！」
丞相一個箭步上前，扣住晴空的咽喉。
「交出來！」
「喏，在這裡。」晴空小侍郎一點也沒有要反抗的意思。
丞相一邊納悶為什麼帝印這麼容易到手，一邊把晴空小侍郎推開，然後從懷裡掏出古老的符咒，上面有四個大字「破地獄門」。

「這樣就能救她嗎？」晴空問。

「你知道她？」丞相斜眼看著晴空。

「嗯。」晴空低下頭。「去救她吧，可憐的孩子。」

丞相呆了一呆。

然後他用指尖在帝印上刻下「美夢」兩個字，蓋在「破地獄門」咒上，印出「成眞」兩個字。

整張符咒好像著火似的亮了起來。

「這樣就萬事具備了。」

丞相抹掉大猩猩肩頭「大睡」兩個字，一腳把牠踢醒。

「走吧，我們去敲開地獄的大門。」

丞相站在大猩猩肩膀上，大猩猩揉著眼站起來。

晴空小侍郎抬起頭看著他。

「地獄門在哪裡？」

大猩猩對著小侍郎咧開血盆大口，舉起拳頭。

「別理這個臭小子。」丞相低聲說。「我們往百鬼塔去吧。」

大猩猩轉身，往樹林走去。

「丞相大人！」晴空在他們背後喊：「如果帝印不用了，可以還給我們嗎？」

丞相大人把帝印往身後一拋。

烏梅把它撿起來，收進背包裡。

大猩猩背著丞相大人走進濃密的樹林裡，消失了。

兩個遍體鱗傷的傢伙，吳公和唐郎，一跛一跛從樹林裡走出來。

山腰上的樹林，濃密得好像水墨畫裡的風景。

樹梢在風中搖曳，寧靜的氣氛，一點也沒有地獄門即將開啓的感覺。

兩個孩子、一個書生、一個老公公，坐在林邊的草地上。

「我這樣做對嗎？」晴空說。

「如果是我，我也會把帝印給他。」烏梅看著遠方。「雖然不知道會有什麼後果。」

「你們還是快進京去和晴尙書會合吧。」唐郎說：「如果京城的情況眞的像你們剛剛說的那麼危急的話。」

「事情再急，飯還是要好好的吃。」烏梅往嘴裡塞飯糰。

「沒錯，急也沒有用，晴爺爺常這樣說。」晴空微笑說。

烏梅忽然皺起眉頭，蜷起身體發抖。

鼠巫婆的詛咒又發作了。

晴空打開她的背包。「糖果呢？」

烏梅搖搖頭。「沒有了。」

男孩靜靜看著她發抖，她身上的黑斑已經蔓延到脖子上了。

他拿出尋親咒，摺成小人兒。「烏梅，想不想看看你爹？」

烏梅回頭，張大眼睛，看著尋親符在空中投射出光芒，光芒裡有父親的影像，還有她的三個姊妹。

「爸爸……」

晴空也很驚訝。烏梅的三位姊妹就是莫怪樓裡那三位仙女姐姐。

烏梅靜靜躺了好一會兒，然後站起來，解下項鍊，把小水晶瓶交給唐郎。

「能不能請你幫我一個忙，把這瓶子帶去莫怪樓，三十七樓。」烏梅把解藥的由來，服用的方法，一一告訴唐郎。「請你仔細向神算師說清楚。」

「義不容辭。明星節度使。」唐郎微微行禮。

「請你告訴我爸爸，如果我在生日前一天還沒到達莫怪樓，就讓妹妹們服用解藥，不用等我了。」

「是。」

烏梅回頭，發現晴空靜靜看著她。

她露出一個「別擔心」的溫暖微笑。

晴空點點頭。

「唐先生，我也有事情拜託你，請你多找一些幫手，到京城來。」晴空小侍郎說：「京城情況危急，鬼大軍即將來襲，我和晴爺爺需要很多很多幫手。」

「沒問題。」唐郎拱手。「我一路上都會發出訊號，通知各方好友，一辦完莫怪樓的事，我倆會飛奔到京城和你們會合。」

「可是你們身上的傷……」

「沒有大礙，我們昆蟲類的妖怪復原力很強的。」鼻青臉腫的吳公說。

美麗的火鶴群繞著樹林飛翔，然後降落在草地上。

「那麼，後會有期。」

「嗯，就此別過。」

綠面書生打開扇子，騎在大蜈蚣上，蜿蜒的下山去。

而在午後的陰霾像墨水渲染過藍天以前，烏梅和晴空小侍郎又飛翔在天空中，朝大晴國京城飛去。

36 蟲夢

穿著盔甲的大猩猩，肩上背著憂傷的丞相，在森林裡發瘋似的往前跑，大樹搖晃，小樹被撞倒，鹿群在林間奔逃，鳥群拍著翅膀，嚇得四處亂飛。

「停。」丞相忽然喊。

大猩猩停下腳步。

眼前的地上，有一個鳥巢。

丞相從猩猩肩上跳下來，捧起摔出巢外的小鳥，抬頭看著樹梢。

母鳥在樹梢上著急的跳躍。

丞相把小鳥放進巢裡，交給大猩猩。

「應該是從那棵樹掉下來的。」他說：「把它放回樹上。」

大猩猩小心翼翼把鳥巢擱回樹枝上。

母鳥高興的吱吱喳喳跳來跳去，點頭道謝。

大猩猩疑惑的看著丞相大人。

「我們走吧。」丞相說：「慢慢走。」

大猩猩背著丞相慢慢走出樹林，前方是一大片稻田。

「小心點，別踩壞了莊稼。」丞相說。

大猩猩看著丞相大人，眼睛裡充滿了迷惘。

丞相也靜靜的看著牠。

「蹲下來。」想了很久以後，他說。

大猩猩乖乖蹲下來，丞相喃喃唸著咒語，把猩猩肩膀上的惡咒之箭拔出來。

大猩猩低吼一聲，慢慢縮小……縮小……變回鬼將軍的樣子。

「丞相……」

丞相把鬼將軍身上的惡咒之箭，一支一支全部拔出來，然後從懷裡拿出金創藥，爲他敷上傷口。

「對不起，讓你受苦了。」丞相低聲說。

鬼將軍的表情，好像看到太陽從西邊出來。

「別用那種眼神看我。」丞相大人皺起眉頭。「我只是突然覺得……」

他臉上露出很複雜的表情。

「我不想爲了一個受苦的人，讓更多人受苦。」

他從懷裡掏出一塊金子。

「抱歉，我把帝印還給他們了，我也不想再回宮奪取皇位了，雖然當不成人中之尊，我還是要率領鬼大軍去地獄門，憑我的決心，地獄門非破不可。我身上只剩下這一點錢，如果你不想繼續跟隨我，就帶著它去過你想要過的生活吧。」

鬼將軍像一隻突然被放出鐵籠的野獸，不知如何是好。

「末將最初追隨丞相時，也不是爲了功名利祿。」他哽咽說：「只是想回報生前丞相對我的大恩……」

「嗯，不過現在我是一個要進地獄的人，你跟著我沒有什麼好處。把令旗給我。」

丞相從鬼將軍手裡接過一把青紫色的令旗。

「你走吧。鬼大軍會來接應我的。」

鬼將軍往前走了幾步，又回頭。

「謝丞相。」

鬼將軍化成一股旋風，消失在原野中。

丞相大人盤腿坐下來，看著寧靜的田野風景，聽著微風，聽著蟲鳴。

蟲鳴……

蟲鳴……

「媽，你今天又抓到什麼蟲了？」

「可多了，獨角仙、象鼻蟲、金龜子、天牛……」

「啊，好可愛。」

「你喜歡蟲子，媽就天天抓來給你玩。」

「媽最好了。啊，那隻跑掉了。」

啪。

「那隻不乖，媽把牠踩死了。」

「嗚……」

「哭什麼，再抓就有了。別哭，瞧，媽教你一個新玩法……」

婦人拎著細針穿過獨角仙的身體，把牠釘在板子上。

「這樣你就可以仔細觀察蟲子，不怕牠們跑掉了。」

「可是牠這樣不痛嗎？」

「痛的是牠，又不是你。」媽說：「你這孩子心這麼軟，怎麼做大事。」

獨角仙的細腳在空中划動著……

划動著……

「救我……」

獨角仙的頭上，長出媽媽的面孔。

「我在地獄裡……救我……」

丞相在野地裡驚醒過來。

又夢到了。

四周的景色是那麼的美麗，但是他的心卻得不到安寧。

「媽，我來救你了。」淚水盈滿了他的眼眶。「就算走過黑暗的長廊，我也永不放棄希望……」

他舉起令旗，喃喃唸出召集鬼大軍的咒語，把令旗向空中拋去。

一道人類見不到的暗黑震波向四面八方擴散出去。

37 月夜護城記

月夜的京城。

城牆上的守軍抬頭看著雪白的圓月。

「你覺得是真的嗎？」

「什麼是真的？」

「鬼大軍的傳說。」

士兵們打著呵欠，閒聊著。

「說什麼宮裡亂成一團……」

「皇上不管事……」

「妖魔鬼怪隨時可能攻進城裡……」

「丞相又騎著大怪物失蹤了。」

「哈哈哈……實在太有想像力了。」

「不知道是哪個無聊的說書人編出來的故事。」
「不過既然上頭有命令，我們還是要嚴加戒備。」
「要一萬五千名宮廷禁衛軍全天候戒備，眞是累死人了。」

咕嘰、咕嘰。

一輛賣西瓜的小推車從城牆下面經過。

「官爺，累了吃顆西瓜吧。」推車的小販抬頭喊。

城牆上的官兵面面相覷。

「這麼晚怎麼還有人賣西瓜？其中必定有鬼。」

「是有鬼沒錯啊。」小販笑著說。

他掀開推車的蓋子，無數顆西瓜飛了出來，它們迅速長出頭髮、眼睛和尖牙，笑嘻嘻的朝城牆上的官兵飛去。

這是東門的情形。

西門的守軍則是看著城牆下來了一對迎親隊伍，鑼鼓喧天的樂隊伴隨著一頂搖搖晃晃的新娘轎子，好熱鬧。

士兵們都覺得意亂神迷，忍不住跟著鑼鼓的節奏手舞足蹈起來，他們打開城門，排著隊一個個跳進轎子裡去，鑼鼓手們紛紛露出鬼臉，妖怪轎夫們則扛起轎子飛上空中，飛到月亮的高度，再掀開轎門，讓士兵一個個從轎子裡跌下來。

「啊！」士兵們慘叫著往下掉。

這時候，一陣優美的笛音傳來。

士兵們停止下墜，莫名其妙的浮在空中，看著一個騎鶴的男孩，載著一位吹笛子的女孩，向他們飛來。

後面還跟著一群火焰似的大鶴。

「神……神仙？」

火鶴們把士兵一一背回到地面上，安全降落。

男孩則騎著火鶴，繞著京城外圍飛了一圈。

南門的守軍正忙著應付一大群快速爬上城牆的殭屍。

北門的官兵收到快報，說其他三門都被攻破，嚇得臉都白了。

「撤、撤、撤、撤……」北門禁衛軍統領牙齒直打顫。

「你是要說撤退嗎？」不知從哪裡冒出的一個怪老頭，笑咪咪的說。

「你、你、你、你……」

「你是要問『你是誰嗎？』」怪老頭旁邊又冒出個野丫頭。

「鬼部尚書晴時雨是也。」鬼老頭指指自己。

「鬼部侍郎晴風是也。」野丫頭也報上名來。

「有、有、有、有、有……」

「你是要問有何證明嗎?」晴爺爺摸著後腦杓說:「這可傷腦筋了,我官印可沒隨身攜帶。」

天空中有個騎著火鶴的男孩飛來,興奮的揮手大喊:「晴爺爺!晴風!」

晴爺爺笑了。「這就是證明。」

火鶴降落在城牆上,被手拿長矛的官兵團團包圍。

「大膽!」烏梅跳下鶴背,亮出聖旨。「見到太上皇欽命節度使駕到,還不跪下!」

「她是誰?」晴風張大了眼睛。

「明星節度使,烏梅是也。」烏梅笑咪咪的拱手:「兩位好。」

晴空小侍郎跑上前去,抱住晴爺爺。

「我終於找到你了!」

「呃……你這麼想念我,我當然是很感動,可是,」晴爺爺動彈不得的說:「別把我身上的符咒壓壞了。」

晴空小侍郎大笑,晴爺爺拍拍他的肩膀。

「你的英勇事蹟我都聽說了。真高興我沒有看走眼。」

晴空小侍郎覺得好像見到家人一樣，心都暖起來了。

晴爺爺轉身，也拍拍身邊那位手足無措的北門統領的肩膀。

「應付這些鬼怪，是鬼部的專長，這裡交給我們吧。」

「不錯！」烏梅裝模作樣唱著戲。「見到本官，還不快把兵權交出來！」

「她到底是誰？」晴風歪著頭。

「我們的好幫手。」晴空指著衝破其他三座城門，朝皇宮蜂擁而去的鬼怪說。

「待會再向你解釋。」

晴爺爺從袖子裡飛快抽出一張「護城咒」，箭也似的擲到皇宮上空。

轟。

一道光芒撒下，閃閃爍爍編織成大網，籠罩住整座皇宮。

鬼怪們看著光芒萬丈的皇宮，都張不開眼睛，不敢前進。

「好厲害！」烏梅鼓掌。

「別吵，我必須集中注意力，讓它持續發光。不過恐怕支持不了太久……」晴爺爺說：「晴風！晴空！攻進去！」

晴空看著晴風。

「還記得嗎？」晴風笑著問。

「當然。」晴空小侍郎眨眨眼說。

兩人朝著鬼大軍飛奔而去。

「八面威風！」晴風喊。

「天馬行空！」晴空喊。

兩人一起推出雙掌，四股大力像巨浪一樣洶湧而去，所經過的地方，妖魔鬼怪都被捲飛到空中，在月光下消失了。

「咦，你變強了。」晴風歪著頭。

晴空笑著聳聳肩。

晴風看著這個眼睛發光的男孩，在他的眼睛裡，她再也找不到剛離開莫怪樓時，那片憂傷的陰影。

「太好了。」她說：「雲淡風輕。」

「晴空萬里。」男孩說。

轟。

又一群幽靈與惡鬼被飛捲到夜空中，消失無蹤。

兩位小侍郎雖然英勇，但是鬼大軍的數量實在太多了，它們一波波湧上來，慢慢的，兩人也開始手忙腳亂。

就在他們急得滿頭大汗的時候，一支禁衛軍殺出重圍，衝上前來護衛在他們身邊，說也奇怪，那些骷髏和殭屍，好像看不見這些士兵似的，全無招架之力，被他們打得落花流水。

「你們是？」晴空問。

「末將奉明星節度使之命前來，」帶隊隊長秀出手臂上的印章說：「節度使大人眞是厲害，她拿刻著『神不知』的印章蓋在我們身上，就什麼鬼怪也見不著我們啦。」

他們的手臂上都印著「鬼不覺」。

不過，比起龐大的鬼大軍，這些士兵還是於事無補。

鬼怪們忽然發出一聲歡呼。

原來是皇宮上空的「護城咒」慢慢暗了下來。

晴爺爺支持不住了。

「糟糕。」站在城牆上眺望的明星節度使，著急的踱步。

一陣號角聲從遠方響起。

烏梅回頭，看到城外軍旗飄揚，又來了黑壓壓一片大軍。

「慘了慘了，那些妖魔鬼怪還有援軍呢。」

不過，仔細一看，那軍旗上畫的卻是一隻可愛的大蜥蜴。

「嗯，我看，」晴爺爺說：「是老朋友來了。」

三隻蜥蜴小妖身手矯健的爬上城牆，跳到晴爺爺面前，撲通跪下。

「大蜥國三賢臣，參見晴大人！」

「免禮。」晴爺爺笑得兩眼如彎月。「來得正是時候。」

「我們一接到唐先生通風報信，就連夜趕來了。」第一隻蜥蜴小妖說。

「這次沒有耽擱。」第二隻說。

「也沒有貪睡。」第三隻說。

「眞是太棒了！不愧是三賢臣！」晴爺爺大笑。

「謝大人誇獎。」三隻蜥蜴小妖高興得像小孩一樣。

「由大臉怪率領的大軍也到了東門。」第一隻蜥蜴小妖說。

「山貓怪大軍到了西門。」第二隻說。

「南門則有黏土怪大軍負責。」第三隻說。

晴爺爺露出不可置信的眼神，站在城牆上眺望，看著「莫怪樓聯盟軍」從四門湧入，衝進鬼大軍當中，把鬼大軍打得潰不成

軍。

「撤、撤、撤、撤、撤……」鬼大軍的隊長牙齒直打顫。

「可是，鬼將軍有令，必須奮戰到底，除非見到令旗……」鬼卒們說。

黑暗的夜空中，一道令旗從天而降。

鬼兵鬼卒們好像看到救星。

「令旗到！撤退！」

一道黑暗震波輻射而出。

鬼大軍化為一股黑煙，好像夏夜的一場惡夢一樣，剎那間無影無蹤。

月亮好圓。

晴空小侍郎、晴風小侍郎腳一軟，坐在地上直喘氣。

晴爺爺帶著烏梅走過他們身邊，拍拍他們肩膀。

「還有沒有力氣？」晴爺爺問。「要不要跟我們來？」

「去哪裡？」晴空和晴風喘著氣問。

晴爺爺把兩條像頭巾一樣的符咒扔給他們，回頭笑著說：

「玩遊戲。」

38 集英殿風雲

大晴國皇宮中央。

身穿龍袍，手握青龍偃月刀的少年，傷痕累累，單腳跪在金鑾殿門口，幾乎喘不過氣來。

「呼……累死我了。這一關怎麼這麼難？終於過關了。」

地上四位大將軍的屍體，慢慢消失。

天邊出現一行字：

剩餘生命數：壹　　最後一關，請準備。

「哼，來吧！」小皇帝搖搖晃晃站起來。

這時候，天邊閃爍了一下，出現新的字幕：

新玩家加入！

四個人影浮現在眼前，小皇帝不可置信的張大了眼睛。

「臣晴時雨叩見皇上。」帶頭的老爺爺跪下。

「鬼部尙書？你來幹什麼？朕不是說過有事去找丞相嗎？」

「微臣無意中得知這遊戲的破關密技，所以專程前來獻給陛下。」

「眞的？」小皇帝興奮得跳了起來。「好好好！如果眞能助朕破了這最後一關，朕大大有賞！這幾位是你的助手吧？」

晴爺爺微笑點頭。

「那就開戰吧。」小皇帝喊。

「請選擇武器。」天邊又出現一行字。

晴爺爺選長劍，晴風選雙刀，晴空選了一枝齊眉棍，烏梅選了一袋飛鏢。

「開戰！」

背景像水中的倒影似的晃動起來，金鑾殿消失，場景換成集英殿。

天邊出現最後一關的標題：

集英殿風雲

集英殿門前的廣場地動天搖，地面裂開，冒出一隻張牙舞爪的巨大章魚怪，八隻觸腳飛舞而來。

「陛下，」晴爺爺靠在小皇帝耳邊說：「右三、左一，進二，退一……」

「懂了。」

小皇帝照著密技移動腳步。

果然，不管章魚怪的八隻腳如何猛烈攻擊，就是打不到小皇帝。

晴空、晴風和烏梅，一人和一隻章魚腳搏鬥起來。

「大家小心，臥倒！」晴爺爺喊。

噗！噗！噗！章魚怪噴出一串墨汁。

雖然大家都躲過了，但是臉上還是沾到一點墨汁。

「哈哈哈，真好玩！」烏梅大笑。

「皇上，接下來是，左左右左左，右右左左左，跳蹲跳跳蹲……」晴爺爺喊。

小皇帝照著密技閃躲，一有空隙就攻擊。

章魚怪很快就被打得鼻青臉腫，牠哀號一聲，就倒下來不動了。

「這麼簡單？」小皇帝歪著頭。

「不，這還不是真正的大王。真正的大王是……」

章魚怪張開大嘴，從嘴裡走出一個人來。

小皇帝的眼睛瞪得像銅鈴大。

「怎麼會？」

從章魚怪嘴裡走出來的人，身穿龍袍，戴著皇冠，跟小皇帝長得一模一樣。

「是我？」小皇帝目瞪口呆。

「我是你。」那人說完，瞬間長高一倍，變出三個頭，六隻手，每隻手上都握著不同的兵器。

「他……強嗎？」小皇帝問晴爺爺。

「你覺得你強嗎？」

「我很強。」

「那他就很強。」

「那……密技呢？」

「沒有密技。要打敗他只有一個方法。」

三頭六臂的小皇帝慢慢向他們走過來。

晴空小侍郎和晴風小侍郎跳上前迎戰，和六隻手臂的刀槍劍戟戰成一團。

那六隻手臂的動作神出鬼沒，快如閃電，很快的，兩位小侍郎就不是對手了。

唰！唰！唰！兩個人身上都受了傷。

「這麼厲害……」小皇帝顫抖著問：「什麼方法？快說。」

「皇上，你要記得，這只是個遊戲，只要你把遊戲符拿下來，敵人就消失了。」

晴時雨說：「只要你放棄，你就贏了。」

「這怎麼行，我好不容易才玩到這一關。」

咻咻咻！烏梅射出一串連環鏢。

三頭六臂的小皇帝，眼觀四面，耳聽八方，閃躲、揮砍……噹噹噹，飛鏢全部落地，他繼續向小皇帝逼近。

「微臣告訴陛下實情，這遊戲符是丞相為了篡奪皇位的陷阱，」晴爺爺說：「陛下用掉最後一條命，就真的一命嗚呼了。宮裡就要宣布皇上駕崩了。」

「大膽！」小皇帝瞪著晴時雨。

「是真的。」晴時雨也看著小皇帝的眼睛。

唰！三頭六臂的怪物一劍砍來，噹！晴時雨拔劍擋住。

「我跟你拚了！」小皇帝掄起大關刀一陣亂砍。

「你應該說你跟你自己拚了才對。」晴爺爺說。

怪物大笑，一刀把青龍偃月刀砍斷，砰！一腳把小皇帝踢飛。

晴時雨揮劍救駕，但是只招架了十招，手臂也被砍了一刀。
「快逃！」晴爺爺一揮手，大夥兒拉著口吐鮮血的小皇帝，一起逃進集英殿裡。
「這遊戲也設計得太沒人性了。」
三頭六臂的怪物大步跟著踏進集英殿。
晴爺爺拉著小皇帝躲在大柱子後面。
「別玩了吧？皇上。」
「可惡，不能暫停嗎？只要讓我休息一下，我就打得贏他。」
「只能放棄，不能暫停。」
小皇帝氣得往柱子上一踢，往地板上一跺。
空隆。地板上一道密門打開了。
小皇帝喜出望外。

39 小皇帝的勝利

集英殿的地底下，五個人躲在黑漆漆的地道裡，背靠著牆休息。

「呼……朕早就聽說集英殿有個密道，沒想到是眞的。」小皇帝鬆了一口氣。「晴尚書，如果你不來，朕早就沒命了。謝謝啦。」

「臣不敢當。」

「不過，朕吩咐過內臣，不准讓人來打擾，你怎麼進得了宮呢？」

「陛下，不要說是我了，連鬼怪都差點進宮了。」

晴爺爺把丞相謀反、鬼大軍圍攻皇城的事簡單說了。

小皇帝嚇出一身冷汗。「爲什麼會這樣？」

「因爲你愛玩啊。」烏梅說，說完馬上摀住自己的嘴。「啊！微臣斗膽頂嘴，罪該萬死，請皇上恕罪。」

「她是誰？」小皇帝指著那個愛唱戲的姑娘。

「再把聖旨亮出來吧。」晴空小侍郎用手肘頂頂烏梅。

小皇帝接過聖旨一看，又嚇了一跳。「啊，是父皇……」

烏梅笑咪咪把千鶴寺的遭遇說了一遍。

「你是神算師的女兒？」晴風眼睛張得好大。

「嗯，不趕快回莫怪樓就快沒命的女兒。」烏梅苦笑了一下。

「明星節度使……」晴爺爺摸著鬍子。

「帝印在你身上？」小皇帝驚奇的問。

「嗯，可是你爸可沒說要給你……呃，我是說，給陛下。」烏梅說：「不過我們在路上忍不住借給丞相用了一下。」

「什麼？」晴爺爺驚訝的問：「破地獄門咒已經蓋上帝印？」

晴空小侍郎點點頭。

「沒辦法，他太可憐了。」烏梅說。

「你們在說什麼，我怎麼都聽不懂？」小皇帝說。

「誰叫你一天到晚都在玩遊戲。」烏梅瞥他一眼。「你跟世界脫節了喔。」

小皇帝滿臉通紅。

轟！地道門破裂。

「原來你們在這裡！」三頭六臂的怪物探頭進來。

「大膽！」小皇帝正在氣頭上，大喝。「你給我滾出去！」

那三頭六臂的怪物跳進地道裡，把所有的武器對著小皇帝。

「你有什麼辦法阻止我？」他冷笑說。

「哼。」小皇帝把手伸向額頭上的遊戲符。

「不會吧，你捨不得的。」三頭六臂的小皇帝浮現一絲害怕的表情。「好不容易玩到這個地步，你怎麼捨得放棄？」

「因爲我是大晴國天子。」小皇帝慢慢解開遊戲符。「我不想再做你的囚徒了。」

「別……別這樣。」那三頭六臂的怪物猛搖著他的三個頭。「難道你不想得到最後勝利嗎？」

「當然想。」

小皇帝一把扯下遊戲符，三頭六臂的怪物慘叫著煙消雲散。

小皇帝坐在地上，喘著氣。「我贏了。」

咻！一瞬間，所有人身上的傷口和手中的武器都消失了。

「哎呀，眞可惜，」烏梅嘆氣說。「我還滿想看看破關以後會怎樣的。」

「你這傢伙。」小皇帝斜眼瞧著她。

吼。

「這是什麼聲音？」小皇帝站起身來。「遊戲不是結束了嗎？怎麼還有怪獸？」

吼。又一聲低吼，聲音來自地道的盡頭。

「我們去看看？」烏梅興奮的拉著小皇帝的手。

「喂，我是皇帝耶。」

「喔，對不起。」

晴爺爺點起一張「明燈符」，一行人往地道深處走去。

好深的地道，到了盡頭，還有階梯，下了階梯，還有地道。

地道最深處，出現一座大門。

「你們看！門上有字耶。」烏梅拉拉皇上的袖子。

晴爺爺提起「明燈符」。

「青龍殿。」烏梅把殿門上的字唸出來。

「傳說集英殿地底下有著古代仙人的宮殿……果然……」晴爺爺喃喃說：「青龍殿……眞不可思議。」

「那有龍嘍？」烏梅指著門上古老的龍紋壁畫說。

「幼稚。千鶴寺難道眞的有鶴嗎？」小皇帝說。

吼。

低沉的聲音從門內傳來。

小皇帝緊張的拉住烏梅的手。

「喂，你是皇帝耶。」

「喔，對不起。」

晴爺爺推開殿門。

一行人走進古老、陰暗、潮溼的大殿，晴爺爺高高舉起「明燈符」，照亮了大殿的前半邊。

「吼……你又來做什麼，」一個蒼老的聲音說：「丞相大人。」

大殿黑暗的後半邊，一個布滿青色鱗片的龍尾巴擺動著。

40 等待千年的故事

地面長滿雜草、牆上因爲溼氣而斑駁，古老的「青龍殿」好像一座廢棄的動物園。而裡面養的動物是……

晴爺爺又點起一張「明燈符」。

「別這麼亮。」一頭青龍蜷在陰影中，用爪子遮著光說。「咦，你不是丞相嘛。」

「龍……龍……」小皇帝緊抓著烏梅的手。「會說話的龍……」

「哇，比遊戲符刺激多了。」烏梅笑著說。

「你們都不怕嗎？」小皇帝顫抖著。

「哎唷，大場面我們見得多了。」晴風小侍郎扠著腰說。

「你們很吵耶。」青龍又開口了，聲音很低沉、很好聽，還有一種轟隆隆的回音。「如果你們是爲了破地獄門而來的，很抱歉，來晚了。」

「原來如此，丞相大人的古老符咒，就是從你這裡來的？」晴爺爺走到青龍面前：「是他把你鎖在這裡的嗎？」

晴爺爺指了指青龍腳上的鐵鍊。

「不，這是我和主人的約定。」

「主人？」

「說來話長。你們到底是誰？」

「這位是當今大晴國聖上。」晴爺爺介紹小皇帝。

「皇帝？這麼小？」青龍歪著頭。

小皇帝臉紅了。

「你還不是！」他躲在烏梅身後說：「我還以爲龍是多麼巨大呢，結果個子這麼小，跟一匹馬差不多嘛。」

「胡說，我起碼有兩匹馬那麼大。」青龍鼻孔冒煙兒。

晴空、晴風和烏梅都笑了起來。這龍還眞可愛。

「不過……」青龍好像忽然發現什麼似的，站起身來，走出陰影，眼睛亮了起來，充滿好奇的仔細看了看晴爺爺、晴空、晴風和烏梅。「我看得出來，你們不是普通人。」

「哇哈哈，算你有眼光，本官正是……」烏梅又想唱戲。

「噓！什麼官都不重要。」青龍的眼睛電光似的看著他們，彷彿可以穿透他們。「而是你們的心，很特別……很稀有……也許我應該忍一忍，把破地獄門咒給你們才對。」

巨龍抬頭看著上方。「主人啊，合適的人選，終於來了！」牠興奮的對著天上說：「也許，你是錯的。」

「呃……可以麻煩你解釋一下嗎？我們一頭霧水。」晴爺爺笑著說。

「好吧。話說，很久很久以前，這個世界上，每個人都是神仙……」青龍閉起眼睛，陷入深深的回憶裡。「那時候的人們都還會飛，吃的是甘露，喝的是光線。但是快樂的時光太久，人們就忘了善行，慢慢的，他們身體變重，煩惱變多，再也飛不起來了，變成道道地地的凡人。更糟的是，自私、殘酷和憤怒，讓他們爲自己創造出最可怕的東西……」

「什麼？」烏梅坐在地上，聽得著迷。

「地獄。」

青龍休息了一下。「好久沒講這麼多話了。有沒有什麼吃的？」

「餅乾好不好？」烏梅從背包裡拿出乾糧。

青龍一邊嚼，一邊繼續說：「少數沒有墮落的仙人，放棄了這個世界，升天到別的世界去了。包括我的主人在內。離開前，我載著他，飛到地獄去看了一眼，兩人都淚流滿面，唉，眞是悲慘的地方啊。我請求他說，你的法力那麼強，何不打開地獄門，把受苦的人們都放出來……嗯，這個小圓餅味道不錯，還有沒有？」

烏梅把乾糧都給牠。「那他怎麼說？」

「他說，在地獄，任何符咒都無能爲力。他可以寫下破地獄門的符咒，但光靠符咒是不夠的，要救出地獄眾生，需要的是一種無與倫比的心。」

「什麼心？」

「一種不惜犧牲自己也要讓所有人脫離痛苦的心。古人稱爲大悲心。只有這種心的力量才能夠轉變地獄。」青龍喀啦喀啦咬著乾糧。「我的主人不相信世界上有這種人，他說就連神仙也做不到。包括他自己。」

喀啦喀啦。

「但是我相信。所以我留下來了，帶著主人的破地獄門咒，留在人間，把自己鍊起來，等待合適的人選出現。時間一千年又一千年的過去了，但是我還沒遇見這樣的人。我打算等待一萬年，然後就回天上去向主人報告說我錯了。」

喀啦喀啦。

「一直到去年，集英殿施工，丞相無意間找到了我。我從他眼裡看到一種犧牲自己的決心，雖然他只想救出深陷地獄的母親，並不想救出所有人。這不能算是大悲心。但也許是我失望太久了吧，我決定讓他試試看。」

青龍拍拍手上的餅乾屑。

「不知道他進行得怎麼樣了?」牠說。

「進行得不錯啊,」晴風說:「差點讓小皇帝沒命,大晴國亡國。」

「爲什麼?」青龍驚訝的歪著頭。

「發大悲心,人中之尊……符咒上不是這麼說的嗎?人中之尊不就是皇上?要奪取皇位,當上皇帝才有資格破地獄門。不是嗎?」晴爺爺說。

青龍摀住眼睛。

「你們完全誤會了。這意思是,只要發大悲心,就是人中之尊。」

「幹麼不寫清楚點。」晴風抱怨。

「字數有限啊。」

「符咒上明明就還有空間。」

「那些空間要放轉淨土法。」

「什麼法?」大家都向前一步。

「眞正有大悲心的人,一打開地獄門,符咒上就會顯現『轉淨土法』,一種能把地獄轉變成樂園的方法。」

「不然呢?」

「不然,就算僥倖讓他打開地獄門,只是會讓更多鬼魂掉進地獄,不但救不出任何人,也會把他自己關進地獄裡,永遠出不來。」

「丞相大人……和他母親……」晴空看著烏梅。

「永遠出不來了……」烏梅看著晴空。

像標本一樣被釘在地上的老婦人，和那個穿著丞相官服趴在桌上痛哭的小孩，又浮現他們的心頭。

青龍把巨大的龍頭湊到烏梅面前，仔細看著她的眼睛，又仔細看看晴空。

「好孩子，我在你們身上看到我等待了幾千年的東西。」

「地獄門在哪？如果我們現在趕去，也許還能阻止丞相。」晴空說，烏梅點頭。

「你們只想阻止他嗎？」青龍微笑著看著他和烏梅：「一個有著無私的愛，一個有著發光的智慧，以你們的力量，何不做更偉大的事？」

「你是說，把丞相的母親救出地獄？」

「不只如此。」

晴空望著晴爺爺。

晴爺爺拍拍他們兩人的肩膀。

「嘿，莫怪樓還需要你呢。」他對晴空說。

「可是，他們真的好悲慘……」晴空小侍郎說。「好可憐……」

晴爺爺只是微笑看著他。

青龍伸了個懶腰。「啊，窩了幾千年了，出去活動一下筋骨吧。」牠腳一抬，生鏽的鐵鍊應聲而斷。

青龍大步走出青龍殿。

「喂喂……你要去哪裡，你這樣出去會嚇壞人的……」小皇帝一行人跟在後面。

青龍自顧自的往前走。

一走出集英殿，大家都愣住了。

蜥蜴小妖、大臉怪、山貓怪、黏土怪……圍繞在集英殿外的廣場，看著青龍和小皇帝出現，目瞪口呆。

「參……參……參見陛下。」他們對著小皇帝跪了下去。

「他們是誰？」小皇帝問。

「是從四面八方趕來救駕的好朋友。」晴爺爺說。

妖怪們七嘴八舌向晴爺爺報告戰況時，青龍用尖尖的指甲點了點晴空小侍郎和烏梅的肩膀。

「走吧。」

兩人回頭看著牠。

「你們不是想去地獄門嗎？」

晴空和烏梅點點頭，跨到青龍的背上。

「晴爺爺！」晴風驚叫一聲。

「讓他們去吧。」晴爺爺嘆了口氣說。「說不定他們眞的能成功。」

「我們也去！」

「不，京城局勢未定，這裡還需要我們。」晴爺爺說，抬頭看著青龍載著兩個孩子躍上雲端。

「晴空……你會再回來嗎？」晴風抬頭向著月亮喊。

飛行在夜空中的青龍，美麗的鱗片在月光下閃閃發亮。

41 千鶴寺的日出

「明星節度使正朝西北方而去。」

星空地圖的光輝映照下，黃曆鳥的臉龐顯得好蒼老。

「那正是暗紅煞星最後停留的地方。」

屋簷下的風鈴清脆作響。

「百鬼塔的所在。」

風好冷。

紫衣人望著黎明的天邊。

「他們正在爲大晴國而奔波努力。」

黎明的天邊一片幽藍。

「而我們只能無用的留在這裡。」

紫衣人的眼裡，燃燒起來。

「不，我再也不能坐視不管。」

火紅的鶴群，從天邊翩翩飛來。

「鶴鳥們回來了？」

好美的景象。

「那麼……是我們出發的時候了。」

「主公，今天是不宜出門遠行的壞日子。」

「那麼，適合做什麼？」

「諸事不宜。」

「卜個卦看看。」

「……下下籤。」

天邊的晨星好亮、好亮。

「如果我們永遠這樣怕東怕西的，怎麼活得快樂？」

金黃色的曙光從天邊閃現，燦爛的撒在千鶴寺的屋頂上。

42 全宇宙最黑暗的地方

天亮了。

燦爛的青龍從白雲裡鑽出來，在陽光下簡直像是一條金龍。

「我們快到了。」

「好冷……」烏梅抱著自己布滿了黑斑的胳臂，顫抖著。

晴空小侍郎把自己的披風脫下來，蓋在她身上，看著烏梅的臉龐發愣。

翻飛的髮絲下，詛咒的黑色斑紋已經爬滿她的臉頰。

烏梅對他苦笑了一下。

「你們現在後悔還來得及。」青龍回頭說：「我可以載你們回莫怪樓，只要半天的時間，姑娘就可以脫離詛咒的折磨了。」

「你怎麼知道我被詛咒的事？」烏梅疑惑的問。

「看穿別人的心，是我最拿手的本領。」青龍說，龍鬚在風中飄。

「眞的嗎？那我心裡想個數字，讓你猜。」

「是三。」

「眞的耶，你好厲害！」烏梅鼓掌。

青龍嘆了一口氣。

「眞是個奇怪的女孩。爲了讓別人快樂，寧願隱藏自己的痛苦，我看你是不知道什麼叫後悔了。」

「那你再猜我現在想什麼數字。」

「八。」

「又答對了！」

笑聲中，青龍載著兩個孩子，飛到了大晴國西北方，一片荒涼的曠野上空。

地平線上塵沙飛揚，一大片廢墟出現在眼前。

「記憶中，地獄之門應該就在前方。」青龍說：「不過，上面怎麼蓋了一堆亂七八糟的東西？」

青龍慢慢飛近，隱約可以看出那廢墟原本是一座石頭高塔。

廢墟旁邊躺著一個樹人。

「桃樹老人！」晴空小侍郎大叫。

飛龍降落在被燒得半焦黑的桃樹老人身邊。

「晴空小侍郎？」桃樹老人張大眼。「你還活著！」

男孩抱住傷痕累累的桃樹幹。「我沒那麼容易死的。」

「你還活著……太好了！我的餘生不用再自責了。」桃樹老人蒼老的眼中流下樹汁。

「發生什麼事了？」

「一個自稱丞相的瘋子率領大軍，浩浩蕩蕩來襲，我負責把守左門到最後一刻……最後，百鬼塔還是被攻破了。」

「百鬼塔？這裡就是邪惡的百鬼塔？」晴空驚訝的問。

「邪惡？」桃樹老人露出奇怪的眼神。

「傳說中的百鬼塔……有可怕的魔神……任何鬼怪經過塔邊，都會被抓進塔裡，從此過著水深火熱的日子。」晴空把心裡記得的話背出來。

「誰說的？」

「晴爺爺說的。」

「我們這裡也流傳著一個傳說，說莫怪樓是一個邪惡的地方，住著一個可怕的老爺爺，任何鬼怪走進樓裡，就沒再出來過。」

晴空小侍郎抓抓後腦杓。

「也許我們都錯了。」桃樹老人掙扎著坐起來。「百鬼塔的魔神老人是我見過最偉大的人，他在地獄門上方蓋了這座塔，目的是爲了阻止那些身不由己的鬼魂走向地獄，不然就算地獄門是關閉的，只要有一條細細的門縫，它們也會擠進去……」

桃樹老人嘆了一口氣。

「百鬼塔收留了這麼多鬼魂，照顧它們這麼久……現在一切都白費了。」

桃樹老人帶著晴空小侍郎走到百鬼塔的廢墟旁，往下看。

地面上被炸出一個好大的凹洞，洞裡有一道隱約發出紅光的裂縫。

「沒想到一張破破舊舊的符咒，竟然有這麼大的威力……地獄門被炸開了。」

桃樹老人哀傷的說：「百鬼塔收留的鬼怪都被吸進地獄了。魔神老人犧牲了自己，還是沒辦法阻止這一切。」

廢墟中，有一個像孩子般的老人，靜靜躺臥在那裡。

「那丞相大人呢？」

「那個瘋子嗎？他和他所帶來的鬼大軍進入地獄以後，就再也沒有出來過了。」

在地獄門下方，地獄的最深處，全宇宙最黑暗的地方，丞相大人顫抖著，左顧右盼著，慢慢前進。

各種哀號聲、尖叫聲和哭喊，在他身邊此起彼落。

「救我！」

「求求你，我不要待在這裡……」

「好痛……帶我出去……」

「求求你，救我……」受苦的人們向他伸出手。

「走開，不要過來。」丞相又害怕、又噁心的搖著頭，用手遮住眼睛，不敢再看那些慘不忍睹的景象，只是繼續一步步踩在血水裡，往前走。

「媽……你在哪裡？」

遠方的火山熊熊爆發、火紅的夕陽沉入血海，把海水煮成沸騰。

丞相大人嚇得魂不附體，轉頭就跑，躲進一個黑漆漆的山洞裡。

山洞裡傳來熟悉的聲音。

蟲鳴……好像有一萬隻昆蟲一起發出慘叫。

這些每天都在他耳中響個不停，快把他逼瘋的聲音，現在愈來愈大聲、愈來愈大聲……丞相走進山洞的最深處，見到了他親愛的母親。

「媽……」

「孩子，你終於來了。」媽媽露出淒涼的微笑，伸出一隻觸腳，摸著丞相的臉頰。

「我終於找到你了。」丞相跪下來，大哭了起來。

爬滿在媽媽身上的昆蟲，開始朝丞相爬過來。

丞相低頭一看，自己的腳已經變成兩隻昆蟲的觸腳。
回頭一看，洞口搖搖晃晃走進兩個人。
牛頭和馬面提著大刀，一步步向他走來。
丞相抱住母親，放棄了所有的希望。

43 左門將軍的最後一擊

晴空小侍郎看著廢墟中冒著黑煙、閃爍紅光的地獄門。

「我們來得太遲了。」

青龍把爪子搭在他的肩膀上。

「不，如果你們眞心想要救人，那現在還不遲。」牠說。

「閣下是？」桃樹老人問。

「那張破地獄門咒，就是他主人的傑作。」烏梅替青龍介紹。

「我不知道你是何方神聖，」桃樹老人搖頭說：「不過做出這種害人的符咒，不覺得慚愧嗎？」

「不，」青龍直視著桃樹老人的眼睛。「我們的目的是爲了救人。」

「怎麼救？」

「那張符咒上，有著拯救整座地獄的方法。」

青龍走到地獄門口，往下看。
「符咒還在。」牠把手伸進地獄門裡，在石縫中把破地獄門咒揀出來。
牠把符咒交給晴空小侍郎。
「怎麼用？」晴空問。
青龍指了指地獄門。「下去自然就知道了。」
「下地獄去嗎……」
晴空看著烏梅。
「害怕嗎？」
「有一點。」
「我也是。」
兩人相視而笑。
「不過，反正我是個回不了家的人了。」晴空小侍郎微微一笑。
「我呢，大概也活不久了。」臉頰布滿黑斑的烏梅聳聳肩。「那麼，走吧。」
烏梅打開她的背包。
「鬼小鼓啊，你要跟我一起去嗎？」
「跟到底，咚咚咚。」在背包裡悶了好久的鬼小鼓探出頭說。
轟隆隆……地獄門忽然快速的關閉起來。

桃樹老人飛身撲了過去，用整棵大桃樹所能有的最大力量撐開地獄門。

「如果你們眞的能拯救整座地獄，我賭上這條老命，也要讓這扇門開著，等你們出來！」桃樹老人身上的樹枝喀啦喀啦不停斷裂。

「烏梅！我們快！」晴空小侍郎拉著烏梅往地獄門跑去。

喀啦喀啦，桃樹老人被緊緊夾在兩扇門中間，臉上露出痛苦的表情。

「等等，我擋不住這扇門了……」桃樹老人從頭上摘下最後一顆大桃子，一顆紅色的大桃子，把它塞在門縫之間。「你們先退開。」

桃樹老人喃喃唸起咒語，大桃子上面開始出現倒數計時的數字。

晴空忽然知道他要做什麼。

「晴空小侍郎，很高興認識你。」桃樹老人微微一笑：「請臥倒。」

轟。

大桃樹炸成紛飛的碎屑，飄散在空中。

地獄門被炸出一個比原來更大的裂縫。

無數的木屑在空中飄揚，飄揚……飛上高空，化成一朵一朵小花，飛向遠方。

「原來人間還有這麼多了不起的人物。」青龍看著飛翔在白雲間的粉紅色小花。

「走吧。」烏梅和晴空小侍郎慢慢走到地獄門口，往下看。

一片漆黑。

「沒有樓梯嗎？」

「往下跳，就會到你們要去的地方了。」青龍說。

「那麼，一、二、三！」烏梅喊。

兩人一起跳進地獄中。

黑暗。

一開始只有黑暗，什麼都沒有。

男孩和女孩，在虛空中往下墜落。
他們甚至看不見對方。
一種全宇宙只有自己一個人的孤獨感覺，把他們緊緊包圍。
所有的親人、朋友，都已經遠去。
所有溫暖的回憶，都愈來愈遙遠。
好深的黑暗啊。
好孤單。
這就是地獄嗎？
往下掉……往下掉……黑暗中，隱隱閃爍著紅光。
剁、剁、剁……大刀在砧板上切肉的聲音，不斷傳來。
鐵鍊撞擊聲、怪獸的吼叫聲、細細的啜泣聲、幽怨的鬼魂哭訴聲……在黑暗中浮動著。
「啊……帶我離開這裡……」黑暗中哭喊的聲音都沙啞了。
墜落……墜落……
猛然之間，一座大峽谷出現在眼前。
烏梅和晴空發現自己在大峽谷的正中央，繼續往下墜落，四周都圍繞著黑暗的大山，這峽谷是這麼深，好像是一個無底洞，四周的山峰好像階梯一般層層疊疊，每一層都有著前所未有的恐怖景象，有的燃燒著熊熊大火，有的流著岩漿，有的刮著狂風暴雨，有的血海沸騰，有的冰天雪地，有的正進行大戰，殺聲震天，有的充滿各種怪獸、毒蛇和巨蟒，有的是黑暗的監獄和刑場……

而每一個世界，都有無數人們在裡面受苦。

他們的表情，他們的聲音，雖然遙遠，但仔細一看又近在眼前，他們哀號著、顫抖著、嘆息著、絕望的呼喊、哭泣著。

他們都曾經是某個家庭的父親或母親、姊妹或兄弟，他們都曾經是某人最好的朋友，都曾經有過愛與歡笑。

現在卻只能在黑暗中痛得打滾，無助的哭著說：「救我……救我……」

烏梅和晴空難過得喘不過氣來。

「啊……為什麼會有這樣的地方……」兩個孩子淚流滿面。「這是真的嗎？」

咻。

一股等待幾千年的力量充滿他們手上的破地獄門咒，整張符咒震動起來，微微發光，一個古代仙人的透明身影，從符咒上升起。

「不，這不是真的。」老仙人回答說：「這只是他們痛苦的心所創造出來的幻象世界，連結在一起，就變成一個好像真實的地獄一樣。很難懂吧？」

老仙人俏皮的朝兩個孩子眨眨眼。

「你終於出現了！」烏梅歡呼。「不會很難懂，就跟鬼葫蘆差不多嘛！」

一股希望從烏梅心中像氣泡一樣冒上來，讓她笑出聲來。

地獄震動了一下。

因爲這是有史以來，第一次有人在地獄中歡笑。

仙人張大了眼睛。

接著他也哈哈大笑，用欣賞的眼睛打量著兩個孩子的心。

「我那頭愛龍等待了幾千年，値得了。沒想到會有這麼聰明、有愛心又勇敢的孩子。人間的事情眞是難以預料啊。」他說。「那就開始吧！」

「開始什麼？」

「開始唱歌吧！」仙人說。

「唱歌？」

「把心底深處的歌唱出來！唱出你們的願望，唱出你們的光芒！然後開始跳舞。」

「跳舞？」晴空和烏梅面面相覷。

「沒錯！你們不知道舞蹈的力量吧？」老仙人手舞足蹈說：「一次又一次高高跳起，你們就可以震動全地獄……」

接著他喃喃唸起古老的咒語：

欲令地獄空盡者　歌光明曲　縱身跳躍舞蹈　令身吋吋碎裂
以大光明力　震撼十八地獄　淨土現前

「就這麼辦！」

烏梅從背包裡拿出霧笛。

地獄之中，響起美妙的笛音。

烏梅和晴空停止下墜，漂浮在空中。

「我的心是藍天，每天都是上上籤……」

烏梅輕柔的唱，優美的歌聲，融合著喜悅和希望，又帶著淡淡的哀傷。

因爲詛咒的力量已經爬滿她全身了。

鼠巫婆的詛咒又發作了，她全身布滿可怕的黑斑。

「抓住我的手。」烏梅說。

晴空握緊她顫抖的手。她的聲音顫抖得都走音了，儘管如此，一股燦爛的光芒還是隨著歌聲出現，圍繞著兩個孩子打轉。

每一層地獄都受到影響，火山停止爆發，岩漿凝固了，熱鍋下的火熄了，鬼兵鬼卒都放下手裡的武器，抬頭往上看。

「發生什麼事了？」

受苦的人們因此可以休息一會兒，喘口氣。

然而烏梅已經握不住笛子，兩人緩緩降落在地獄的底端，那是一片沙灘，海平面上原本墜落到海裡的太陽已經熄滅了，好像爐中的炭火只剩下餘光。

一旦歌聲停止，地獄裡的人們又開始受苦。

烏梅握著晴空的手。「換你唱。」

「我不知道要唱什麼。」晴空小侍郎茫茫然說。

「就像老仙人說的，唱出願望。」

「什麼願望？」

「如果這些地獄裡的人都是你的家人，你會有什麼願望？」

烏梅奄奄一息躺在地獄最底層的沙灘上。「快，不然麻煩就大了。」

火紅的海岸邊，牛頭馬面拿著大刀，沿著沙灘遠遠的走過來。

44 黑暗之光

這時候，百鬼塔的廢墟上空，紅色的大鶴盤旋著。

幾個穿著不同顏色衣袍的老頭子，和一位紫衣人趴在地獄門口，小心翼翼探頭往裡看。

「他們該不會在裡面吧？」紫衣人說。

「這年頭的孩子衝動得很，很難說。」黃衣人說。

綠衣人屈指一算。「八成是跳進去了。」

「深不見底，跳進去還有命嗎？」白衣人說。

「而且這裡面充滿了不祥之氣啊！」黑衣人搖頭。

「那當然，因為裡面是地獄啊。」一個比他們更蒼老的聲音，在他們背後響起。

五人急忙拔劍，回頭，看到一頭青龍對著他們呵呵笑。

青龍毫不害怕，躺在地上，手撐著下巴。

「你們不是來幫那兩個孩子的嗎？」

「你怎麼知道？」

「因爲他們是宇宙之王的孩子，全宇宙都會來幫他們實現願望的啊。」

看著這頭講話莫測高深的遠古奇獸，白頭翁、黃暦鳥、綠袖掩、黑畫眉各自在心中運用生平絕學、神機妙算，來計算下一步該麼辦。

「別算了，」青龍打了個呵欠。「你們明知道，當別人需要你幫忙的時候，該怎麼辦。」

紫衣人默默點頭。

「那我就幫你們下決定吧。」青龍輕輕一吹氣。

呼！

四位老臣連同他們的主公，一起被吹進地獄門裡。

「啊……」

五人往黑暗的深淵墜落。

不過，不久他們就漂浮了起來。

因爲他們聽到一陣優美的笛音。

伴隨笛音的，是一個男孩鼓起所有勇氣的獨唱：

「我的爸爸，我的媽媽，謝謝你們。
我的妹妹，我很想念你。
雖然我人在地獄，
可能再也回不去，
但是我曾經得到的溫暖，
夠我用一世紀。
現在，我看見這些痛苦，
就想起我擁有過的幸福，
夏日午後的陽光，
巧克力餅乾，
媽咪柔柔的臉龐，
笑個不停的晚餐，
溫暖的被單，
都在我心裡閃閃發光。
閃閃發光，閃閃發光，
我的心是藍天，本來就吉祥，
如果眞有所謂的上上籤，

那就是今天，
因爲我要讓地獄結束最後一聲哭喊。
受苦受難的朋友們，
老天爺在上，請聽我許下我的願望。
希望火不再燒，血不再流，
冰雪融化、暴風平息，
火海變成寧靜的港灣，
刀山變成花園，
互相砍殺的場面，變成歡樂的派對。
牛頭和馬面都變成ＤＪ……」

醫卜星相和明之道降落在沙灘上，看著晴空小侍郎抬頭對著黑暗的地獄高歌，唱著一大堆他們聽不懂的玩意兒。歌詞很奇怪，但是帶著一股很強大的威力，讓小侍郎整個人都發著光。他旁若無人的勇敢繼續唱：

「希望破碎的身體都回復健全，
老人恢復青春，

醜陋的妖怪變成俊美偶像，
冰冷的人得到溫暖，
油鍋變成像游泳池一樣清涼，
肚子餓的人吃到大餐，
孤獨的人都有好朋友陪伴……」

晴空小侍郎的光芒愈來愈亮，他覺得身體愈來愈輕，腳步愈來愈輕盈，他把笛子丟掉，開始隨心所欲跳著自己的舞步。

「但願所有的刀劍都變成鮮花，
所有的監獄都變成一望無際的草原，
再也沒有人會互相討厭，
再也沒有人會看別人不順眼……」

他用力往上一跳，就跳到十幾丈高，落地時，一陣光芒迸射而出。

唰！

光芒經過的地方，原本燒焦的沙灘變成柔軟的泥土，冒出青草和小花。

拿著大刀跑過來的牛頭馬面，忽然變成兩個可愛的小孩，手裡拿著玩具劍，開心的在草地上玩耍起來。

醫卜星相和明之道驚訝的張大眼。

烏梅看到老朋友，開心的坐起身來。

「啊！你們來得正是時候，一起跳吧！」

「跳舞？成何體統！」黃曆鳥搖頭說。

「這可是幾千年來，拯救地獄的唯一機會喔。」詛咒的力量稍微退去，烏梅強忍住疼痛，跟著晴空一起奔跑跳躍起來。

「希望所有的盲人都重見光明，
聾人都聽得見美妙的歌曲，
所有的病人都恢復健康，
快樂得不知該怎麼辦！
被欺壓的人得到自由，
惡人都變成善良，
所有的罪過都得到原諒，
仇人都變成好伙伴！」

晴空牽起烏梅的手，一起往上跳，這一跳，有十八層地獄那麼高！落地時，他們的腳尖喀啦一聲折斷。

轟！一股巨大的光芒從他們身上爆發，朝四面八方像海浪一樣湧去。

好幾層地獄都被照亮。

火海瞬間熄滅，變得透明清涼。

所有的刑具、刀槍和劍戟，都變成美麗的花朵，紛紛飄落。

荒涼的大地被光芒的海浪吹拂而過，都變成翠綠的草原，美景無限。

「這是怎麼回事？」四個老人張大了嘴巴。

「烏梅姑娘說的是真的，快，一起跳起來！」明之道下令。

「可是我們一輩子從來沒跳過舞啊！」

「就當作是練拳過招就行了。」

幾位老人手忙腳亂的跳了起來。

晴空忍著腳尖的痛楚，繼續歌唱，歌詞源源不絕自動從他心裡湧出來：

「但願痛苦再也不出現，

快樂卻像永不停止的噴泉，

但願，但願，

但願地獄變成樂園！」

「跳！」晴空喊。

他們手牽手一起跳起來，跳得好高，幾乎要到達地獄的頂端，然後落下。

喀啦喀啦。一陣膝蓋和腳掌骨折的聲音。

接著，一陣比剛剛更巨大的光芒海浪從他們身上爆發。

光的海浪席捲過的地方，出現波浪起伏的草原、鮮豔的花朵、美麗的樹林、清涼的湖泊……

原本在刀山上、在油鍋裡受折磨的人們，發現自己躺在美麗的湖邊，悠閒的看著湖面上嬉戲的野鴨和天鵝。

身上的傷口都不見了，好清爽的感覺。

好久、好久沒有這種感覺了。

他們舒服的嘆了一口氣，左顧右盼。

是誰救了我們？

「但願光明照遍全世界，
打開最難解的心結，

但願，但願，

但願地獄變成樂園！」

強忍著巨大的痛苦，晴空小侍郎和烏梅，明之道和四位老臣，一次又一次，一起牽著手往上高高跳起，每一次落地，就多照亮一層地獄。

但是每一次落地，他們身上的骨頭也喀啦喀啦折斷、碎裂。

最後他們全部躺在地上，再也爬不起來。

晴空小侍郎全身劇痛，喘著氣，看著光芒的海浪愈來愈盛大，好像一場五彩繽紛的嘉年華，朝著上方仍然黑暗的地獄，一層層的向上湧去。

光芒經過的地方，最可怕的地方也忽然充滿了甜蜜和溫暖，撫平了所有的哀怨，每個人心中的悽慘都轉變成幸福感。

「喂！搞什麼鬼？」閻羅王從他的閻王殿裡急急忙忙跑出來看。

唰，光芒的海浪對著他迎面衝過來。

「我的心是藍天，每一天都是上上籤，

我的心閃閃發亮，本來就吉祥。

就算走過最黑暗的地方，

我還是記得，
我是宇宙之王的孩子。
我的愛從不減少一分，我的心潔白無瑕，
就算曾經墜落地獄，
我還是記得，
我是宇宙之王最純眞的孩子，
明星節度使。」

烏梅躺在沙灘上，氣如游絲，用最後一丁點的力量，輕輕唱。
十八層地獄都已經大放光明。
丞相扶著他的母親從洞裡走出來，所有的恐怖景象都消失不見，他們的身體也恢復正常，母親甚至變得更年輕健康。
母子倆坐在洞口，相視而笑，看著草浪、海灣和陽光。
美麗的金龜子在草原上飛翔。
「好漂亮的蟲子，媽去抓來給你？」母親說。
「不，」丞相抱住他的母親。「再也不要這麼做了。」
烏梅和晴空從沙灘上掙扎著坐起身來，看著丞相和他的母親坐在幸福的陽光中。

「太好了。」烏梅嘆氣說。

「哎唷。痛死我了。」醫卜星相和明之道呻吟著。

「你們有帶糖果來嗎？」烏梅問。

「沒有。」

「下次要記得帶。」

「下……下次？」

「對了，不會有下次了。」

烏梅取出帝印，刻上一個「願」字，往沙灘上用力一蓋。

沙灘上出現「地獄空盡」四個字。

轟。十八個美麗的新世界同時都出現燦爛煙火，更加的閃亮了。

每一個世界裡的人們都靜靜的看著自己的心，發現自己的心好像洗去灰塵的水晶，雖然經過地獄，也沒有失去它本來就有的光明。

而在空中，光芒的海浪繼續迴盪著、迴盪著……最後在空中形成一個人形。

那是一位美麗無比的、發光的女子。

「好美……」烏梅、晴空、醫卜星相等人都目瞪口呆。

如山一般高大的發光女子微笑著降臨到海灘上，把他們輕輕捧了起來。向上飛升……
向上飛升……
飛升到一個世間難以想像的地方。

45 世界的頂端

好像在夏日午後睡了一場甜甜的午覺……

烏梅姑娘揉著眼睛醒過來。

朦朧中，她以爲自己睡在貓島的家裡。

「爸爸？」

她張開眼睛，發現自己睡在一個泛著彩虹光的白色房間裡。

床鋪好柔好軟，比家裡的公主床還舒服。

枕頭好白。

烏梅坐起身來。

「我死了嗎？」

她左顧右盼，這房間眞看不出是用什麼建造的，牆壁是半透明的，微微可以看見外面美麗的風景，空氣裡有一種清香。

好渴。

她心裡才剛這樣想，床邊就出現一杯果汁。

烏梅張大眼睛。

「哇。如果死後是這樣子，也還不錯。」她自言自語說：「那我再試試看。」

糖果。她心裡想。

白色的牆上好像奶油融化似的，融出一個可愛的小推車，滑到烏梅面前，上面盛滿五顏六色的糖果。

「哈。」

烏梅含著糖果，閉起眼睛，翹起腳來。

「來個人吧，告訴我這是什麼好地方。」她心裡想。

一個小孩推門走進來。

「啊，你醒了！」他開心的說。

小孩穿著長袍，手裡拿著個小拂塵，一副小神仙的樣子。

烏梅趕緊跳下床。

「這位小神仙！是您救了我吧！」烏梅朝著他彎腰一拜：「多謝救命之恩！」

「哎唷。」小仙人抱著頭。

「怎麼了？」

小仙人嘆了口氣。

「你醒了就好，請不要多禮。我最怕別人拜了，一拜我就頭痛。」小仙人揉著額頭。

「這位小神仙，請問這是什麼地方？」

「這個嘛，我看看。」小仙人伸手到空中，憑空拿出一本書來，翻了一翻。「嗯，有很多名字，天堂、仙境、淨土、極樂世界……」

「哇。」烏梅好驚奇。「那我是死嘍？」

「不不不，你差點就死了，可是運氣眞好，被救了上來。」小仙人搖著手。「你們一定是全天下最幸運的人。」

「我們？你是說，晴空也在這裡？還有那些老衲……」

烏梅興奮的開門跑出去，這才想起自己粉碎的腳趾頭、小腿骨、膝蓋和身上的關節，都復原了。

門外是一片一望無際的美麗風景，天好藍，地面白白軟軟的，好像棉花糖，點綴著從來沒見過的奇妙花朵，仔細一聞，嗯，是糖果做的。

不遠的地方有一個清澈的游泳池，一個男孩在池裡游泳。

「晴空！」烏梅向男孩揮手。

游泳池忽然變大、變大……

男孩直接游到烏梅面前，抬頭對她笑得好開心。

「烏梅！」

不遠處的池畔，幾個穿著不同顏色衣服的小孩躺在太陽傘下，戴著墨鏡，向烏梅揮手。

「他們是誰？」烏梅張大眼睛。

「就是千鶴寺那幾位先生啊。」晴空笑著說。

幾個小孩悠哉的走過來。

「眞是個心想事成的好地方呀。」小黃曆鳥說，聲音還是老人。「要變怎樣，就變怎樣。」

「你們戴這什麼東西？」烏梅指著墨鏡。

「是晴空小侍郎教我們的，說這樣看起來比較帥。」小明之道說。

小仙人拿著拂塵飄過來。

「看來幾位都復原得差不多了。」

「感謝這位神仙道長，請受我們一拜！」醫卜星相等人朝小仙人跪了下去。

小仙人抱著頭在地上打滾。「哎唷，請不要多禮。」

「看來他眞的很不喜歡被拜。」大家趕緊站起來。

晴空小侍郎看著四周。「奇怪，怎麼沒看到其他仙人？」

「他們都上課去了。」小仙人說。

遠方的天際線上，有個發光的美麗女子坐在那兒，她高大得像巨人一樣，身邊圍繞著許多仙人，很開心的聽著她說話。

「我也好想去聽課，她說的話好好聽喔。可是我必須照顧你們，等你們睡醒。」小仙人說：「你們睡好久喔。」

「睡多久？」烏梅問。

「三天了，這裡的一天，可是折算人間好幾天呢。」

「那請問，現在人間是何年何月何日呢？」

「我看看。」小仙人把拂塵一甩，眼前出現一個人間的大日曆。「今天是……」

烏梅盯著上面的日期。

「明天就是我十五歲生日了。」烏梅看著晴空。

「鼠巫婆的詛咒……」

烏梅挽起袖子。雖然黑斑褪去了不少，但還是布滿在手臂上。

「詛咒還在。」烏梅臉色黯淡了下來。

「我們現在就回莫怪樓去！」

「來不及了。」烏梅搖頭。

「如果青龍還在，也許還來得及……」晴空小侍郎對著小仙人一鞠躬。「這位神仙，求求你告訴我們怎麼樣才能回去！」

「請不要多禮……」小仙人抱著頭。

「啊，對不起……」

「沒關係……你剛剛說要回什麼莫怪樓是吧？」小仙人摸著下巴。「嗯，有印象。」

他一揮拂塵，變出一張大地圖來，趴在地圖上研究了起來。

「有了！」他大喊：「果然！我沒記錯！以前上課有學過……」

「什麼？」

「人間最高的建築，莫怪樓！直達天堂的神奇高樓……」小仙人把手背在身後默背。「高XX丈，寬XX尺，建於……」

「那些都不重要！」晴空大喊。「你是說這裡有路直達莫怪樓嗎？」

「不是有路，是樓頂就在這裡。」

小仙人又一揮拂塵，一朵咖啡杯形狀的白雲飄到腳邊來。

「跟我來！」

好像坐上兒童樂園的軌道車一般，白雲咖啡杯載著他們高高低低，一會上，一會下，一會兒打轉，飛快穿越過廣大的「天堂」。

經過一棟糖果屋時，門口有個少年眼睛一亮，揮手大喊：

「晴空小侍郎！」
「你是？」晴空歪頭問。
「你忘了嗎？莫怪樓山腳下，我們一起跑上山的啊……謝謝你帶我到莫怪樓！」
是那個腳上有蛇牙咬痕的老人。
「我現在過得很快樂！謝謝你！」他一蹦一跳追著白雲咖啡杯跑，一點也不像是個曾經有過悲慘經歷的老鬼魂。
「太好了！」晴空揮手。
咻……白雲咖啡杯滑行到一個老舊的屋頂前，停了下來。
「到了！」小仙人喊：「這就是莫怪樓的屋頂！」
眞是令人懷念的老房子，漆黑的木頭屋頂，有著老舊的小門，從雲端冒出來。
「快！」晴空和烏梅跳下雲朵，打開門。
門內是個閣樓似的小房間，地板上有一道鐵門。
「門後面應該就是樓梯了。」晴空小侍郎好像到了家門口似的，好興奮。
「可是上了鎖。」烏梅咬著嘴脣。
鐵門的大鎖上有四個數字轉輪，是個號碼鎖。
「怎麼辦？」晴空回頭看著小仙人。
「找找看有沒有線索。」小仙人托著下巴。

烏梅仔細研究著大鎖。

「你看，上面有字。」

大鎖背面有四個字：「千奇百怪」。

大鎖底部則寫著「四聖地」。

「四聖地？神算詩的籤詩裡出現過……日照四聖地……」晴空說。

烏梅看著晴空。

「……如果晴空就代表太陽……這一路上你到過哪些地方？」

「莫怪樓、千鶴寺、無奇庵、京城、百鬼塔……」晴空閉著眼睛想。

「我懂了。」烏梅點點頭。

「什麼？」

「你看，千鶴寺、無奇庵、百鬼塔、莫怪樓，剛好就是……」烏梅指著大鎖背面四個字。

「千奇百怪！」

「數數看，分別是第幾個字？」

「你好聰明！」晴空小侍郎抱住烏梅。

「快！」

「好。」

晴空旋轉大鎖上的轉輪，轉出「一二一二」四個數字。

喀答，大鎖開了。

兩人歡呼起來。

但是當他們用力拉開門，卻呆住了。

門後還是一扇門。

「我的天。」烏梅摀住額頭。

「不，」晴空看了看門上的鎖。「這更簡單了！」

那是三個有著指針的圓盤，上面標示著東西南北四個方向。要把三個圓盤的指針指向正確的方向，才能打開。

門上貼著一幅對聯：

凡夫想破頭
不如大鼓說

「大鼓會說什麼？」晴空笑著問。

「咚咚咚。」鬼小鼓從烏梅背包裡探出頭來說。

晴空小心的把三個圓盤的指針都指向東方。

空隆！

大門打開了。

門後面是一道暗暗的樓梯，還有一隻正在打盹的大蜘蛛。

「萬歲！」晴空和烏梅跳起來大喊。

大蜘蛛嚇得差點滾下樓。

「晴空小侍郎？」牠不可置信的揉著眼睛。「你怎麼會在這裡？從來沒有人從這裡下來過！」

「快！載我們到三十七樓！」晴空小侍郎拉著烏梅跳到牠背上，然後回頭對著千鶴寺的幾位「小朋友」說：「對不起，坐不下了。」

「沒關係，我們還想住在這裡多玩幾天，」明之道笑咪咪說：「這地方挺不錯的。」

烏梅把放在錦囊裡的帝印交還給他。「我的任務完成啦。」

「感謝你，明星節度使。」明之道向她微微鞠躬說。「我們果然沒有看走眼。」

小仙人也揮著拂塵向他們告別。

「坐穩了！」大蜘蛛拔腳飛奔，一層一層飛快下樓。「侍郎兄最近可好？您這次是帶著夫人回來定居嗎？」

「我不想聊天！」小侍郎大叫：「快！不然就來不及了！」

大蜘蛛拔腿飛奔。

下樓……下樓……

回到人間的烏梅，詛咒的力量失去了仙境的壓制，又開始發作了，黑斑爬滿她的臉，她覺得身體愈來愈重，愈來愈難受，她喘著氣，趴在蜘蛛背上，全身顫抖。

「烏梅，快到了……」

「三十七樓！到！」大蜘蛛緊急煞車，兩個孩子摔了下來。

晴空小侍郎扶著烏梅走到神算師門口。

門自動開了。

門內站著烏梅最想念的人。

從來都面無表情的神算師流下淚來，露出喜悅又心疼又鬆了一口氣的複雜表情，把千里迢迢終於來到面前的女兒擁進懷裡。

「爸……」烏梅的眼淚終於潰堤。

「梅子，終於在最後一刻等到你了……」

尋梅公主的三個姊妹手牽手走上前來，手裡拿著小水晶瓶。

瓶子裡的那滴眼淚仍然溼潤、晶瑩的閃爍著。

46

大晴國，再會了

一個月後。

下著微微陽光雨的下午。

溼淋淋的山路上，好像灑滿了亮晶晶的小碎鑽。

一個半透明的小男孩，踩著一汪汪的小水潭，穿過山邊的彩虹，沿著山路跑上墨綠色的大山。

「呼……呼……還要多久，才會到莫怪樓？」

男孩回頭，發現身後不知道什麼時候，跟了幾隻小妖怪。

「順路嘛，」幾個小妖怪說：「結伴一起走吧。」

山村裡的窮人家，趴在窗臺上看著這一列隊伍。

「看，有鬼來了。真難得。」他們說。

「是啊，最近鬼真是愈來愈少了。」

小男孩一行人一直跑進沒有人煙的深山裡。

跑著跑著，幾個小妖怪氣喘吁吁的問：「莫怪樓到底在哪裡呀？」

「看，那兒有路牌。」小男孩說。

樹林邊立著個牌子：

莫怪樓　前方三里路　右轉

再跑著跑著，又出現一個牌子：

莫怪樓　由此進

好不容易，一行人終於來到山明水秀的大晴國最高一座山的最深處……

「咚咚咚，鬼來了！」

陡峭的山壁邊，有一座好高、好古老的木頭樓房，掛在屋簷下的鬼小鼓扯開嗓門喊。喊完以後，它用一種「我表現如何？」的眼神，看著掛在旁邊的鬼大鼓。

「還不錯，咚咚咚。」鬼大鼓慈祥的說。

「謝謝爹！咚咚咚。」小鼓依偎在大鼓身邊，一副幸福的樣子。

一個綁著馬尾巴的女孩伸著懶腰走出來。

「啊──終於有鬼來了。歡迎光臨。」

小孩鬼魂和幾隻小妖怪歪著頭。

「怎麼是個女的？」

「你們在嘟囔什麼？」晴風小侍郎扠著腰。

「不是說莫怪樓有個心腸最好的男孩嗎？」小妖怪小心翼翼的說。「叫做什麼晴空小侍郎，他人呢？」

晴風皺起眉頭。

「他被大蛤蟆吃掉啦。我心腸也不錯的，你們到底要不要進來？」

二樓的窗戶開了。

「晴風，講話溫柔點。他們才剛死不久。」晴爺爺探頭出來說。

「知道啦。」馬尾巴女孩搔搔頭。「晴爺爺，你也太偏心了，廣告詞裡也提提我嘛。」

晴爺爺呵呵笑著，沒回答。

他正忙著研究桌上的符咒。

「去吧小娃娃？怎麼有人想得出這麼奇怪的符咒。」

晴爺爺手背在身後，在房裡踱步。

叮鈴。書桌上的一枚小銅鏡響了。

「晴尚書嗎？」銅鏡裡是明之道的臉孔。

「臣在。」

「你在忙嗎？方便講話嗎？」

「沒問題。」

「是這樣的，我孩兒最近闖出這麼大的禍，我看他是眞的不適合當皇帝。他自己也沒什麼興趣。我有意把皇位傳給公主，你覺得如何。」

「公主殿下是聰明多了。」

「女孩兒當皇帝，會不會不像話？」

「不會比幾個元老大臣一起手牽手跳舞更不像話。」

小銅鏡裡傳來一陣爆笑。

明之道回頭對醫卜星相說：「你們的事蹟大家都知道了。」

笑了一會兒，明之道正色道：「晴尚書，我是想問你，如果請你進京擔任丞相一職，輔佐新皇帝，你該不會拒絕吧？」

「這……臣正在考慮退休，雲遊四海去呢。」

晴爺爺看著手裡的「去吧小娃娃」說。

「雲遊四海？去哪玩？」

「不瞞主公您，臣在京城的符咒實驗室裡尋獲兩張奇怪的符咒，叫『去吧小娃娃』，據說可以讓人在時空裡遨遊。」晴爺爺看著窗外。「那晴空小侍郎總是說他來自未來，說什麼未來世界有比符咒更神奇的力量……」

窗外的白雲悠悠飄過。

「臣有點心生嚮往。」

小銅鏡安靜了一會兒。

「我想也是，像你這樣的奇人，我是留不住你的。那麼，去吧。」

「謝主公。」

「好了，我不能再多聊了，又有一群小朋友來參觀火鶴了。」

「參觀？」

「對呀，這幾位醫卜星相回來以後童心大起，每天都有新主意，把千鶴寺弄得像個遊樂園似的，熱鬧得要命。好了，我要去幫忙了。」

「主公保重。」

喀。

「晴爺爺！你在幹麼？快下來啊。」晴風在樓下喊：「唐郎他們又送貨來了，我很忙呢。」

「好好好，我馬上來。」晴爺爺對著窗口喊。

莫怪樓門口，唐郎打開大蜈蚣身上的貨艙蓋。

「你們最近進的貨可眞多。」唐郎從貨艙裡搬出一箱又一箱的食物、餐具、符咒、書籍、玩具。

「是啊！朝廷最近很大方，給鬼部的預算加了好幾倍。」晴風幫忙扛著一箱饅頭。「現在的鬼可眞好命。」

「晴空呢？」

晴風挑挑眉毛，指著山腳下，河流邊。

「和尋梅公主散步去了。」

河岸邊，剛下過雨的步道上，細細的小草綠得好可愛。晶瑩的水珠懸掛在烏梅和晴空的髮絲上。

風好清爽。

烏梅像隻貓一樣甩著頭。水珠一閃一閃落下。

「哈哈哈！」她大笑著看著大晴國美麗的河川，張開雙手。「大晴國，再會了！」

「明天就要出發？」

「嗯。」烏梅點頭，指著河上的大船。「這回我不用再孤孤單單，獨自躺在船上看星星了。」

「行李準備好了嗎？」

「還沒呢，要忙的事可多了，先要幫妹妹們恢復原形。」

「這我一直想問你呢，她們怎麼會是木頭人？」

「爸來到莫怪樓的目的，就是要請晴爺爺幫忙，用符咒把她們凍結成木頭人，讓她們晚一點發病，希望這樣可以延長壽命……只有在有人需要安慰時，她們才會化身成仙女姐姐，唱歌給鬼魂聽。爸說讓她們有機會做好事，福氣會好一點。」

「原來如此。」

「接著就要收行李了，六個人的行李可麻煩呢。」

「六個人？」晴空扳著手指頭數。

「還有我們的新媽媽啊。」

「對了，貓太太……」

「貓族國王有個三妻四妾是很正常的。」烏梅摀著嘴笑。

「哈哈……」

兩個人輕快的走在落英繽紛的小路上。

樹林在風中搖曳著。

「那你呢？」烏梅問。

「我才不會娶那麼多個。」

「不是啦，我是問你，你要回你的世界去嗎？」烏梅看著他的眼睛。「未來小子。」

晴空小侍郎安靜下來。

他看著大河。

彷彿凝視著時光的大河，爸爸、媽媽、妹妹的臉龐又浮現。

他從口袋裡拿出晴爺爺送給他的全新符咒「去吧小娃娃」。

「我也還不知道。」他微笑看著烏梅。「好像……」

「好像什麼？」

「我感覺好像滿快樂的。」

河面上閃爍著陽光，好漂亮。

「從哪裡來的，去哪裡……」晴空小侍郎瞇著眼。「如果快樂的話，又有什麼關係。」

一陣涼風吹來，粉紅色的花瓣掠過他們臉龐。

「奇怪，這裡怎麼開了這麼多花？」

小路兩旁長滿小小的桃樹，開著小小的桃花，風一吹，就到處飛舞。

其中一棵小桃樹忽然張開眼睛。

「晴空小侍郎！」小桃樹喊。

晴空看著它。它的臉龐很可愛，眼睛卻像老人。

「桃樹老人！」

小桃樹像老人似的呵呵笑了起來。

「你還活著？」晴空驚訝的說。

「我沒那麼容易死的。」他學著晴空的語氣，俏皮的眨眼。「或者應該說，死過那一次，現在我可以化身無數，到處去遊歷了。」

「你是說，這些全都是你？」晴空指著桃樹林。

小桃樹們全都一起點頭，接著伸伸懶腰，抖抖身體，桃花瓣往天空四處飛散。

好美。

一陣光芒在男孩心裡閃現。

「那麼，我決定了！」晴空小侍郎大

喊。

烏梅嚇一跳。

「什麼？」

「我也要到處去遊歷。」晴空小侍郎把去吧小娃娃收進口袋裡。

「你們的船還坐得下嗎？」

烏梅張大眼睛。「不會吧？」

「先去貓島……再去拜訪鼠巫婆……」晴空興奮的說：「反正現在鬼愈來愈少，我去向晴爺爺請個假！」

晴空小侍郎拔腿就往山上跑。

「喂！」烏梅愣了一下。「你這個傢伙……」

接著她就笑著一蹦一跳，追著晴空小侍郎跑上山。

墨綠色的大山，廣大的世界，燦爛的陽光，七彩的彩虹……全宇宙都環繞著閃爍金光的山間小路，對著奔跑在山路上的男孩和女孩，歡呼起來。

番外篇

千年後的晴時雨

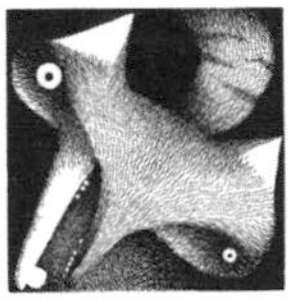

下著陽光雨的黃昏，溼淋淋的馬路上閃爍著金光，明亮的玻璃櫥窗映照著大樓邊出現的一道彩虹，和彩虹下的車陣。

一位老人，幽靈似的出現在車陣中。

一陣緊急煞車的聲音。

指揮交通的義工吹著哨子跑過來。

「喂！你！」

老人茫茫然看著他。

「就是你，怎麼搞的你？」

老人茫茫然看著他。

「失智老人嗎？」交通義工歪著頭。

路邊一輛警車停了下來，警察下車來。

「這位跑到馬路中間亂逛的失智爺爺，交給你了。」

警察把老人帶到路邊。

「你記得自己的名字嗎，老爺爺？」

「晴時雨。」

「住哪裡？」

「忘了。」

警察嘆口氣，把老人帶上車。

警車靜靜的在雨中行駛，老人睜大了眼睛看著車窗外閃亮的大樓玻璃帷幕、霓虹燈和紅綠燈。

「哇。」老人在心中輕喊。

前面馬路上傳來哭聲。

老人心裡猛跳了一下，臉貼在車窗上，看著馬路上一位媽媽跪著哭泣，旁邊躺著一個小小的男孩。一輛車停在旁邊，車主抱著頭。

地上的血很快被雨水沖淡了。

「放我出去。」晴時雨說。

駕駛座上的警察回頭看他一眼，沒理他。

晴時雨手伸進袖子裡。

「破門咒，破！」

貼著符咒的警車車門碎裂成好幾片，老人跳下車去。

警車緊急煞車，警察拿著手銬衝向他。

老人一個轉身，把符咒貼在警察額頭。「定！」

警察像雕像一樣動彈不得。

老人走向馬路中間哭泣的母親，然後向站在母親身後一位不知所措的透明男孩露出微笑。

男孩看到晴爺爺溫暖的笑容，本來慌張無助的心情，頓時平靜下來。

「我……死了嗎？」

晴爺爺點點頭。

「噢。」男孩低下頭。「好可惜，今天有我最喜歡的勞作課。我可以再去學校看看嗎？」

晴爺爺微笑著點點頭，伸出手。

小男孩牽著他溫暖的大手，走向學校。

到了學校，男孩把自己擺在走廊上的勞作作品仔仔細細看一遍，然後跑去玩最後一次盪秋千。

晴爺爺一邊幫他推秋千，一邊輕輕唱著歌：

閃閃發光，閃閃發光，你的心是藍天，本來就吉祥，

你看你看，你的心就是極樂世界，最光明的地方……

小男孩覺得心裡愈來愈放鬆，愈來愈輕快，愈來愈想笑，愈來愈想往上飛……他笑了，化成一道光，上升到天空中，消失了。

晴爺爺看著空蕩蕩的秋千，坐了下來，休息了一會兒，然後走到校門口。

校門口的廣告看板上，貼著一張紙條，寫著：「徵求校工。」

晴爺爺微笑著把紙條撕下來，塞進袖子裡，然後踩著地上一個個發亮的小水潭，慢慢走入濛濛細雨中。

後記

在故事發生之後，又過了一千多年。

陽光閃耀在高樓的玻璃帷幕上，就像閃耀在古國的河面上一樣。世界上充滿可愛的人們，他們每天很努力的過生活，編織自己的生命故事，尋找心中的光芒。

儘管如此，還是有許多黑暗的角落，許多人在默默的受苦。

在許多痛苦中，最微不足道的應該是那個寫不出故事的童書作家了，距離他答應要寫出大晴國接下來的故事，已經過了一年多，他卻只寫出一個開頭。

他的心中充滿了恐懼與希望，患得患失，不知所措。

他忘了最初開始寫故事時的快樂。

而他的妻子一邊辛苦工作，一邊為了讓他安心，露出甜甜的笑容。

「不要設限，盡情的寫吧，像跳入一場戀愛一樣，為一個不知所終的故事發狂吧。」她總是很會鼓勵人。

她比他辛苦幾百倍，卻比他還喜悅。

幸好這世界上充滿了像她這樣純真、努力、快樂的人。

嗯，就為了純真與快樂而努力吧！

他終於不顧一切，開始寫。

呼，現在故事終於結束了。他在心裡點起一盞感謝的燈火。

他想謝謝的人很多，好妻子、好編輯、好讀者……該如何報答他們呢，

他只好閉上眼睛，讓故事繼續放映：

古國的大河上，晴空男孩和貓耳朵女孩，正在大河上航行，他們趴在船頭上，一邊看著前方的粼粼波光，一邊唱著他們的新歌：

我的朋友，我的敵人，謝謝你。

認識或不認識的人們，祝福你。

但願你們永不生病，財富享用無盡，

心中充滿歡笑，美好親友圍繞。擁有智慧、長壽與美貌。

但願你們所到之處，吉祥光明，一切如意。

不管時光流轉，內心總是喜悅寧靜。

就像照亮黑暗的明星。

但願我們都懷抱著愛，奮不顧身向前行，
不用擔心，幸運之神一定會降臨。
但願……但願一切轉為善行。

樂讀456+ 013

明星節度使

作　　者｜哲也
繪　　者｜唐唐

責任編輯｜許嘉諾
美術設計｜唐唐
行銷企劃｜葉怡伶

天下雜誌群創辦人｜殷允芃
董事長兼執行長｜何琦瑜
媒體暨產品事業群
總經理｜游玉雪
副總經理｜林彥傑
總編輯｜林欣靜
行銷總監｜林育菁
副總監｜李幼婷
版權主任｜何晨瑋、黃微真

出版者｜親子天下股份有限公司
地址｜台北市 104 建國北路一段 96 號 4 樓
電話｜（02）2509-2800　傳真｜（02）2509-2462
網址｜ www.parenting.com.tw
讀者服務專線｜（02）2662-0332　週一～週五：09:00~17:30
讀者服務傳真｜（02）2662-6048
客服信箱｜ parenting@cw.com.tw
法律顧問｜台英國際商務法律事務所・羅明通律師
製版印刷｜中原造像股份有限公司
總經銷｜大和圖書有限公司　電話：（02）8990-2588

出版日期｜ 2015 年 7 月第二版第一次印行
　　　　　2024 年 3 月第二版第二十一次印行
定　　價｜ 320 元
書　　號｜ BKKCK007P
I S B N ｜ 978-986-91910-4-3（平裝）

訂購服務
親子天下 Shopping ｜ shopping.parenting.com.tw
海外・大量訂購｜ parenting@cw.com.tw
書香花園｜台北市建國北路二段 6 巷 11 號　電話（02）2506-1635
劃撥帳號｜ 50331356 親子天下股份有限公司

國家圖書館出版品預行編目 (CIP) 資料

晴空小侍郎2：明星節度使／哲也 文；唐唐 圖；
-- 第二版, -- 臺北市：親子天下, 2015.07
304面；17x22公分. --（樂讀456+系列；13）
ISBN 978-986-91910-4-3（平裝）
859.6　　104010374